深藏功名 坚守初心

95岁老英雄张富清的本色人生

湖北日报社 编

人民日报出版社

书在版编目（CIP）数据

深藏功名 坚守初心：95岁老英雄张富清的本色人生 /
湖北日报社编. -- 北京：人民日报出版社，2019.5
ISBN 978-7-5115-6077-3

Ⅰ. ①深… Ⅱ. ①湖… Ⅲ. ①新闻报道—作品集—中
国—当代 Ⅳ. ①I253

中国版本图书馆CIP数据核字（2019）第103615号

书　　名：深藏功名 坚守初心：95岁老英雄张富清的本色人生
作　　者：湖北日报社

出 版 人：董　伟
责任编辑：曹　腾　万方正
特约编辑：周　凌
封面设计：舒　巍　陈　佳

出版发行：人民日报出版社
社　　址：北京金台西路 2 号
邮政编码：100733
发行热线：（010）65369509　65369527　65369846　65363528
邮购热线：（010）65369530　65363527
编辑热线：（010）65369523　65369533
网　　址：www.peopledailypress.com
经　　销：新华书店
印　　刷：大厂回族自治县彩虹印刷有限公司

开　　本：710mm×1000mm　1/16
字　　数：130 千字
印　　张：10
印　　次：2019 年 6 月第 1 版　2019 年 7 月第 6 次印刷

书　　号：ISBN 978-7-5115-6077-3
定　　价：38.00 元

习近平对张富清同志先进事迹作出重要指示强调

积极弘扬奉献精神
凝聚起万众一心奋斗新时代的强大力量

新华社北京 5 月 24 日电 中共中央总书记、国家主席、中央军委主席习近平近日对张富清同志先进事迹作出重要指示强调，老英雄张富清 60 多年深藏功名，一辈子坚守初心、不改本色，事迹感人。在部队，他保家卫国；到地方，他为民造福。他用自己的朴实纯粹、淡泊名利书写了精彩人生，是广大部队官兵和退役军人学习的榜样。要积极弘扬奉献精神，凝聚起万众一心奋斗新时代的强大力量。

今年 95 岁的老党员张富清是原西北野战军 359 旅 718 团 2 营 6 连战士，在解放战争的枪林弹雨中九死一生，先后荣立一等功三次、二等功一次，被西北野战军记 "特等功"，两次获得 "战斗英雄" 荣誉称号。

1955 年，张富清退役转业，主动选择到湖北省最偏远的来凤县工作，为贫困山区奉献一生。60 多年来，张富清刻意尘封功绩，连儿女也不知情。2018 年底，在退役军人信息采集中，张富清的事迹被发现，这段英雄往事重现在人们面前。

《人民日报》《湖北日报》（2019 年 05 月 25 日 01 版）

人物介绍

　　今年95岁的老党员张富清是原西北野战军359旅718团2营6连战士，在解放战争的枪林弹雨中九死一生，先后荣立一等功三次、二等功一次，被西北野战军记"特等功"，两次获得"战斗英雄"荣誉称号。1955年，张富清退役转业，主动选择到湖北省最偏远的来凤县工作，为贫困山区奉献一生。60多年来，张富清刻意尘封功绩，连儿女也不知情。2018年底，在退役军人信息采集中，张富清的事迹被发现，这段英雄往事重现在人们面前。

　　在张富清老人眼里，在战场上，共产党员应做到"党指到哪儿，就打到哪儿"，敢于冲锋在前、敢于牺牲生命，那才是对党"绝对忠诚"；在祖国建设时期，共产党员应做到"党让我去哪就去哪，哪里最艰苦就去哪儿"，不讲条件、不计得失，那才是对党"绝对忠诚"。

2019 年 5 月 24 日，中共中央总书记、国家主席、中央军委主席习近平对张富清同志先进事迹作出重要指示

2019 年 4 月 8 日，中央电视台新闻联播以《张富清：95 岁战斗英雄　深藏功名 60 载》为题讲述来凤县战斗英雄张富清的感人故事

张富清的三枚军功章

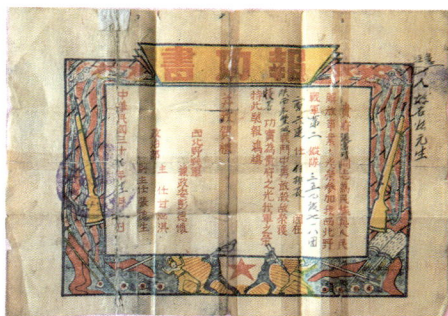

西北野战军司令员兼政治委员
彭德怀、政治部主任甘泗淇为张富清
签发的《报功书》

张富清《立功登记
表》的内页（由于年代久
远，张富清的名字错写成
"张福清"）

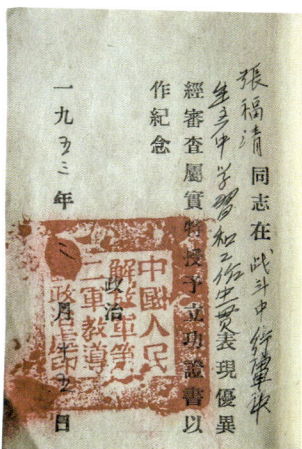

张富清《立功登记表》的
内页，详细记录了张富清的
赫赫战功

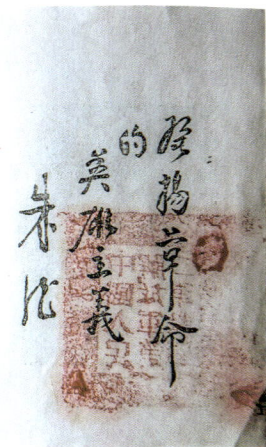

2019 年 5 月 6 日，来凤县人武部给张富清送来一套定制的老式新军装。张老激动不已，仔细地将自己的军功章别在了军装胸前

（本书彩插及封面图片均由朱勇、魏铼拍摄提供）

目　录

习近平对张富清同志先进事迹作出重要指示强调

积极弘扬奉献精神　凝聚起万众一心奋斗新时代的强大力量

习近平总书记重要指示引发强烈反响

老英雄张富清的本色人生

媒体评论及读者热议

习近平总书记重要指示
引发强烈反响

习近平总书记重要指示催人奋进
老英雄张富清事迹彰显奉献精神

人民日报记者　程远州　王珏

近日，习近平总书记对张富清同志先进事迹作出重要指示，社会各界反响热烈。人们感动于老英雄淡泊名利、无私奉献的精神，敬佩老党员一辈子深藏功名、坚守初心的境界。

大家纷纷表示，习近平总书记的重要指示，将推动全社会形成见贤思齐、甘于奉献的良好氛围，要深入学习贯彻习近平总书记重要指示精神，以张富清为榜样，积极弘扬奉献精神，不忘初心、牢记使命，淡泊名利，砥砺前行，努力做新时代的奋斗者。

致敬英雄，保持赤诚之心

"保持信念之光不灭，信仰之树常青"

习近平总书记在重要指示中强调，老英雄张富清60多年深藏功名，一辈子坚守初心、不改本色，事迹感人。

张富清的事迹通过媒体报道后，迅速引起当地乃至全社会的关注，大家对深藏功名、坚守初心的老英雄张富清由衷敬佩。张富清身边的亲人、同事、朋友，从最初的惊讶到后来被他的事迹深深感动了。

"清楚了解父亲的事后，再回想他对我们从小的严格教导，我们对父亲有了更深的理解。我们做儿女的要以父亲为榜样，淡泊名利、多干实事。"张富清的小儿子张健全说。

每每谈起第一次见到张富清奖章和立功书的场景，来凤县退役军人事务局信息采集专班工作人员聂海波都会很激动："老人不是故意隐藏军功，而是觉得不需要拿出来跟人炫耀，更不会以此向党和政府提要求，这种淡泊名利的做法令人敬佩，也让我对人生价值有了更深的思考。"

"他仿佛有无穷的精力和干劲，带着群众干了一件又一件实事，从未发过牢骚，是典型的实干家。"曾经与张富清共事的田洪立感慨，张富清把为人民服务看作自己的本分，不居功、不自傲，是一名真正的共产党员。

"老英雄战功赫赫，转业后却选择最偏远的山区、做最艰苦的工作、过最平凡的生活。这种甘于奉献、不怕苦不怕累的精神深深震撼了我。"从驻郑州某部交流到来凤县人武部任政委的刘洋感慨地说，"我们学习战斗英雄，就要以英雄为榜样，强化担当奉献意识，努力干好本职工作。"

"我曾经以为，英雄是在记忆中的，而张富清让我感受到，英雄就在身边。"中国建设银行来凤县支行行长李甘霖说，"要向张富清学习，保持信念之光不灭，信仰之树常青。"

永葆初心，书写精彩人生

"不计得失、不慕虚名，扎扎实实为民办事"

转业到来凤的数十年，张富清深入生活、扎根人民，岗位在变、身份在变，但他对党忠诚、为民造福的初心始终没变。习近平总书记在重要指示中指出，"他用自己的朴实纯粹、淡泊名利书写了精彩人生，是广大部队官兵和退役军人学习的榜样。"

"含泪读了张富清老人坚守初心、不改本色的感人事迹，灵魂深处很受触动。他激励我们退役军人要为国家、为人民奉献终身。"重庆退役军人魏春说。

网友"为人民服务"在《人民日报》相关报道后留言：低调二字不难写，奉献一生实不易。

在部队，张富清主动担任突击队员，在枪林弹雨中冲锋在前；在地方，他也始终以一名突击队员的自觉，迎难而上，夙夜在公、为民谋利。"张富清是战场上的英雄，也是扎根基层的英雄。"湖北省通山县闯王镇镇长李雪梅说，作为一名贫困山区的基层干部，她要向老英雄学习，"不计得失、不慕虚名，扎扎实实为民办事。"

"老人是一面旗帜，引领我们做一个朴实纯粹的人、一个清正有为的干部、一个忠诚干净的共产党员。"广东省政府督查室的刘治兵说，让他感触最深的，是张富清的一句话："党的干部，要把位置'站'正。"

北京大学生张宇说："张富清将人生放在对社会贡献的大坐标里衡量自己，是我们年轻人学习的楷模。"

甘于奉献，担当时代使命

"到艰苦环境中去锤炼自己、提高能力"

"要积极弘扬奉献精神，凝聚起万众一心奋斗新时代的强大力量。"习近平总书记对张富清同志先进事迹作出重要指示中强调。老英雄张富清的事迹和精神，激励各行各业的人们艰苦奋斗、尽职尽责、敬业奉献。张富清的境界、精神，将被不断传颂、弘扬。

湖北省军区党委积极借助身边典型，深入开展以"学习身边榜样、争建强军新功"为主题的战斗精神教育课，号召广大官兵和民兵预备役人员向张富清学习，教育引导大家自觉以英雄为榜样，组织开展"学战斗英雄、砺练兵斗志"练兵比武活动，激励大家传承和发扬革命英雄主义精神，积极投身强军兴军。

"老人在鄂西山区多年，是一部建功立业的奋斗史，也是一曲无私奉献的赞歌。"河南省安阳市内黄县亳城镇扶贫干部万亚昆说，"张富清的感人事迹激励着我们，要到艰苦环境中去锤炼自己、提高能力，担负起伟大时代赋予的使命。"

新中国70年的辉煌历程，依靠前辈们不断攻坚克难、默默奉献；实现中华民族伟大复兴的中国梦，需要一代又一代人不畏艰难、不懈奋斗。

"正是有了无数像张富清这样的先进人物，我们党和国家的事业才能不断前进，赢得一个又一个胜利。"中国地质大学马克思主义学院教授岳奎说，每一个中华儿女都要以英雄为榜样，见贤思齐，甘于奉献。全社会都弘扬奉献精神，就能凝聚起奋斗新时代的强大力量，实现中华民族伟大复兴的中国梦。

《人民日报》(2019 年 05 月 27 日 01 版)

习近平总书记重要指示饱含深意
老英雄张富清感人故事诠释初心

新华社记者

习近平总书记近日对张富清同志先进事迹作出重要指示，在全社会引起强烈反响。

记者在采访中感受到，从认识张富清的朋友，到第一次通过媒体报道走近英雄的人们，社会各界对深藏功名、坚守初心的张富清由衷敬佩。

大家表示，从习近平总书记的重要指示中，我们看到了他对英雄的关切与敬意，对全社会凝聚奋斗新时代强大力量的殷殷期许。我们要把习近平总书记重要指示精神落到实处，以英雄为榜样，不忘初心、牢记使命，以优异成绩向新中国 70 周年华诞献礼，为实现中华民族伟大复兴的中国梦不懈奋斗。

致敬英雄：不改本色，深藏功名

习近平总书记在重要指示中强调，老英雄张富清 60 多年深藏功名，一辈子坚守初心、不改本色，事迹感人。

认识张富清多年，湖北省来凤县关心下一代工作委员会副主任张昌恩对老英雄深藏功名的淡泊与崇高，有着更深的体会。

"我曾教过他的子女，只知道这是一个家教严格的普通家庭，他是一位乐观、朴实的转业军人，工作挑最苦的干，作风扎实。""身边凡人"与战斗英雄的鲜明对比，深深震撼着张昌恩。"张富清同志的非凡，是因为他心中只有党、只有国家、只有人民；他的平凡，是因为他从来没有想过自己。他用笃定的坚守，让我们看到了共产党人的本色和境界。"张昌恩由衷感慨。

勋章的光芒，照亮尘封的往事。来凤县退役军人事务局信息采集专班工作人员聂海波至今记得，去年底当他看到张富清家人带来的材料时，内心是何等惊讶与激动。

"张富清的一生，铮铮铁骨令人敬仰，淡泊名利更是令人敬佩。英雄无言，他的光辉经历却掷地有声，让我明白了人要以怎样的方式度过一生，才是有意义、有价值的。"聂海波说。

张富清的英雄事迹，让他所在老部队、新疆军区某团的官兵们倍感光荣，深受教育启迪。政治处组织股股长陈辑舟说，习近平主席对老英雄的先进事迹作出重要指示，极大鼓舞了我们部队官兵，大家倍增"学英雄、讲传统"的自觉，查找"短板"、澄清模糊认识，更加坚定理想信念。

伟业的铸就，从来都是无数的付出与牺牲。

"我们党为什么能够创造奇迹？张富清的事迹与精神，就是成就奇迹的力量，就是读懂奇迹的'密码'。"上海市中共党史学会会长、上海大学文学院教授忻平说，我们致敬英雄、学习英雄，就是要学习他们对党忠诚的革命本色，学习他们不怕牺牲的战斗精神，学习他们淡泊名利的高尚情操，以实际行动展示共产党人的精气神。

传承精神：坚守初心，无私奉献

在部队，张富清保家卫国；到地方，张富清为民造福。习近平总书记在重要指示中强调，他用自己的朴实纯粹、淡泊名利书写了精彩人生，是广大部队官兵和退役军人学习的榜样。

"作为一名军人，张富清用九死一生立下赫赫战功；作为一名党员，他又在退役转业后俯下身子、甘守清贫，始终为国家、为人民奉献光与热。他为我们退役军人作出了表率，我要以新的作为和贡献，无愧于曾经穿在身上的军装。"作为一名退役军人，江西省南昌市红谷滩新区一家企业的副总经理翟小龙说。

坚守初心，不论何时何地；赤诚奉献，不分任何岗位。粮食局、三胡区、卯洞公社、外贸局、建设银行……从转业到离休，数十年如一日，张富清就像一块砖，哪里需要就往哪里搬。

今年5月初，中国建设银行总行专门在湖北恩施组织了向张富清学习的研讨会，学习这位老党员不畏艰难、居功不傲、不计得失、一生奉献的精神。

"我曾经觉得，英雄是活在书本上、活在记忆里的，现在我认识到，英雄就真真切切地在我们身边。"中国建设银行恩施分行行长向黔说，"我们要结合自己的实际工作向老英雄学习，树立'功成不必在我，功成必定有我'的精神和担当，在自己的本职岗位上取得更多、更扎实的成绩。"

为党分忧、为国奉献、为民服务，是张富清始终如一的坚守，是一代代优秀共产党人的写照，也鼓舞着奋战在脱贫攻坚战场上的党员干部们。

"我们学习榜样、传承精神，就是要在属于自己的战场上赤诚报国、无私奉献。"正在下乡了解脱贫进展的湖南省石门县壶瓶山镇党委书记段少帅看了关于张富清事迹的报道后，当场决定把村里所有党员和群众代表组织起来，学习英雄事迹。

石门县是位于武陵山集中连片特困地区的贫困县。作为长期奋战在这里的基层扶贫干部，段少帅说，我们要有更大的耐心、更强的韧劲，下"绣花"功夫把扶贫工作做好，夺取脱贫攻坚战的全面胜利。

不负时代：万众一心，爱国奋斗

"凝聚起万众一心奋斗新时代的强大力量"，习近平总书记的重要指示催人奋进。

一代人有一代人的使命，一代人有一代人的奋斗。

对清华大学化学系博士生滕续聪来说，科研道路充满艰辛，但一次次实验失败磨砺着他的意志。"和在枪林弹雨中出生入死的张富清老人相比，这些挫折又算得了什么呢？"滕续聪说，作为一名学生党员，要以张老的精神与情怀激励自己，遇到困难时敢于攻坚克难，勇做新时代科技创新的排头兵。

"不求显赫、不为功名，踏踏实实把每一项工作、每一次任务做好，这是老英雄张富清给我的启示。"来自辽宁省丹东市银行系统的基层干部刘宗盈说，"相比于革命前辈，今天的我们赶上了好时代，更要不遗余力地肩负时代赋予的使命，把爱国情、强国志、报国行自觉融入实现伟大梦想的奋斗之中。"

一个有希望的民族不能没有英雄，一个有前途的国家不能没有先锋。

湖北省军区官兵积极学习老前辈张富清的英雄事迹，结合深化"传承红色基因、担当强军重任"主题教育，自觉以英雄为榜样，积极投身强军兴军伟大实践。

"作为新时代的军人，我们要铭记英雄、崇尚英雄，学习英雄一不怕苦、二不怕死的战斗精神，做到召之即来、来之能战、战之必胜，同心共筑强军梦。"湖北省恩施军分区司令员施岐峰说。

70年砥砺奋进，70年苦难辉煌。壮阔的中国道路上，一代代人接续奋斗，书写爱国奉献、矢志不渝的篇章。

　　"英雄是时代的标杆，英雄精神是指引我们前行的明灯。"西南政法大学教授程德安说，弘扬奉献精神，重在践行、贵在力行，只有把个人梦融入中国梦，在平凡岗位上用刻苦奋斗实现一个个不平凡，我们才能把习近平总书记的要求落到实处，凝聚起万众一心奋斗新时代的强大力量。

（新华社北京 2019 年 05 月 25 日电）

《人民日报》（2019 年 05 月 26 日 01 版）

一往无前当先锋

——习近平总书记对张富清同志先进事迹重要指示在驻鄂部队引起强烈反响

湖北日报全媒记者　江卉

矢志不渝听党话跟党走，一往无前当先锋打头阵。

日前，习近平总书记对张富清同志先进事迹作出重要指示。"60多年深藏功名，一辈子坚守初心、不忘本色""在部队他保家卫国，到了地方他为民造福""他用自己的朴实纯粹、淡泊名利书写了精彩人生，是广大部队官兵、退役军人学习的榜样"……

这是殷殷的嘱托，这是光荣的使命，这是行动的方向。

广大驻鄂部队官兵纷纷表示，要深刻领会习主席重要指示精神，像老兵张富清一样，对党绝对忠诚，始终保持革命军人的血性与担当；苦练打赢本领，锻造面向未来的胜战之师。

英雄本色，震撼人心

"真正的军人，本色初心就是甘于奉献、甘当无名！"

"感动，还是感动！"

"一个英雄，一个老兵，一个真正的共产党员！"

……

这两天，张富清老英雄的感人事迹在驻鄂部队官兵的朋友圈刷了屏，大家争相转发、点赞。

省军区第一时间组织各级官兵认真收听收看老英雄张富清的新闻报道，收集整理张富清的先进事迹和战斗故事，在省军区、军分区和人武部广泛开展学习活动。

老英雄事迹刷屏的背后，是深深的震撼。

"在所有的身份中，张富清最看重的，是一名革命军人。"省军区政治工作局干事朱勇多次采访老英雄，一次次被感动。

"张富清老人的先进事迹是一堂生动的党课。"武警襄阳支队政治部主任曹英华表示，老人一辈子听党话、跟党走、干党的事业、做党的人，坚守初心，本色不改，永葆一名共产党员、革命军人的赤胆忠心，他的精神值得我们每一名军人学习。

老英雄事迹刷屏的背后，是发自内心的感佩。

"当年和我并肩战斗的那些战友，许多都牺牲了。比起他们，我今天吃的、住的已经很好了。我有什么资格把战功拿出来显摆呢？又有什么资格向组织提要求呢？"在新闻报道里看到张富清老人的这句肺腑之言，驻鄂空降兵某旅"上甘岭特功八连"指导员雷晋武忍不住落泪。

"隐姓埋名不图名利的奉献，是我们空降兵十大优良传统之一。"雷晋武所在的部队，有一位上甘岭战斗英雄柴云振，在已认定牺牲多年后被寻找到，人称"活着的烈士"。雷晋武说，两位老英雄不约而同地选择了隐姓埋名、默默奉献，用行动诠释了什么是"绝对忠诚"、什么是"淡泊名利"。

艰难险阻，一往无前

"是什么力量，让您冒着枪林弹雨勇往直前？"

"决定胜败的关键往往是信仰和意志。我们共产党人就是有着钢铁般的信念。"老人的回答掷地有声,"我是共产党员、革命军人,越是艰险越要向前。"

"这些朴实的话语撼人心魄,催人奋进。"来凤县人武部政委刘洋是交流任职干部,去年8月从位于河南郑州市区的某部队调来。

他表示,自己虽然从繁华大都市来到鄂西山区,但相比老英雄在来凤时的艰苦环境,现在的生活、工作条件都得到极大改善。学习战斗英雄,就要匡正人生价值坐标,始终以英雄为榜样,强化担当奉献意识,努力干好本职工作,坚决完成党交给的每项任务。

革命军人,就是要当先锋打头阵。

"老英雄永不言弃的突击精神,是我们学习的榜样。"雷晋武说,八连在上甘岭战役中打出了国威军威,被授予特等战功,凭借的就是"只吹冲锋号,不打退堂鼓"的连魂,"我们将引导官兵像张富清老英雄那样时刻保持冲锋的姿态,把本领练精、把专业练强、把作风练硬,把战位当战场、把训练当战斗,高标准完成使命任务。"

传承精神,砥砺前行

最好的学习是传承。

省军区相关负责人表示,将结合当前民兵整组工作,组织开展"学战斗英雄、砥练兵斗志"练兵比武活动,激励官兵传承爱国奉献精神、投身强军兴军伟大实践。

"支队将引导官兵,把学习英雄张富清落实到每一项练兵备战、演习演训任务中。"曹英华介绍,眼下,长江、汉江即将进入汛期,襄阳支队已制定抗洪抢险应急预案,下一步还将备齐器材装具、加强训练演练,不断提高履行新时代使命任务的能力。

雷晋武表示,作为上甘岭英雄部队的传人,我们要把赓续英雄精神落实到练兵备战中,积极研究探索大规模集群空降作战的特点和规律，不断破解实战化条件下的战斗力难题，努力把"上甘岭特功八连"锻造成一支能打仗、打胜仗的空降利刃。

驻汉空军某部是空军地导部队的一把"尖刀"。该部教导员田鸿说，这个时代需要坚守，更需要爱国奉献精神，老英雄张富清的感人事迹给了我们无穷的精神力量。

田鸿表示，军人生来就要上战场，只有平时练就能打仗、打胜仗的过硬本领，才能制胜未来战场。部队将发扬老英雄张富清英勇顽强、敢打必胜的拼搏奉献精神，牢固树立战斗力这个根本标准，全面推进实战化训练，苦练打赢本领，锻造面向未来的胜战之师。

《湖北日报》（2019 年 05 月 26 日 01 版）

不忘初心立新功

——习近平总书记对张富清同志先进事迹重要指示
在湖北省退役军人中引起强烈反响

湖北日报全媒记者　江卉

"退役军人，就要像张富清那样淡泊名利、矢志奉献！"

"转业不转志，退伍不褪色，退役军人的楷模！"

……

连日来，习近平总书记对张富清同志先进事迹重要指示在我省退役军人中引发强烈反响。大家纷纷表示，要深入学习贯彻落实习近平总书记重要指示精神，像张富清老英雄那样一辈子坚守初心、不忘本色，积极弘扬奉献精神，不断凝聚起万众一心奋斗新时代的强大力量。

初心至上，本色闪光

在所有的身份中，张富清最看重的，是一名革命军人。

战场上，他冲锋在前，立下赫赫战功；转业到来凤，他主动到最偏远、最艰苦的地区，修公路、抓生产，在带头干、迎难上中彰显军人品质。

永远不能忘的是初心。

"张富清是我省退役军人的一面旗帜，他的感人事迹和榜样精神是全省退役军人事务系统的宝贵财富。"省退役军人事务厅厅长周振武表示，全省退役军人事务系统将深入贯彻习近平总书记重要指示精神，认真学习、大力弘扬张富清同志的优秀品质和可贵精神，不断开创新时代湖北退役军人事务工作新局面。

省退役军人事务厅党组已印发《关于向张富清同志学习的决定》，号召全省退役军人事务系统和广大退役军人向张富清同志学习。

永远不能丢的是军魂。

"一日从军，军魂入骨。张富清老英雄为我们立起了党员干部、退役军人的时代标杆，是广大部队官兵和退役军人学习的榜样。"咸丰县退役军人事务局局长田新民也是一名战斗英雄，曾在对越自卫反击战中荣立一等功。

他表示，尽管已经脱下军装，但是入伍的初心不能改、军人的作风不能变。作为一名受党和军队教育培养多年的党员干部、革命军人，哪里有任务就要挺进到哪里，哪里有困难就冲向哪里，为党和人民的事业奉献一生。

淡泊名利，甘于奉献

在艰苦岁月里，老英雄张富清尘封功绩，不讲条件、不求回报。这是信仰的力量。

"朴实纯粹、淡泊名利，这是一名真正共产党人的精神底色。"麻城市殡仪馆殡葬职工徐申权从部队退伍后，在殡葬一线岗位一干就是 17 年，去年底他被中共中央宣传部、退役军人事务部授予"最美退役军人"称号。

他说："在今后的工作中，我要时刻以老英雄为榜样，自觉为实现中国梦强军梦贡献力量，让人生在奉献中焕发光彩。"

这是军人的本色。

5月26日，国网来凤县供电公司28名退役军人，自发来到来凤县中心采血站开展无偿献血活动，以实际行动向身边的老英雄学习："要用一腔热血，续写无悔奉献的人生。"

"老英雄张富清为我们退役军人作出了表率。"武汉市武昌区东亭社区党委书记王学丽说。

王学丽是一名退役军人，从军时救死扶伤，退伍后服务社区。她说："要以张富清为榜样，把老百姓的事放在心上，以新的作为和贡献，无愧于曾经穿在身上的军装，无愧于最可爱的人这个光荣称号！"

接续奋斗，再立新功

投身军旅，保家卫国；脱下军装，奉献地方。

习近平总书记对老英雄张富清先进事迹的重要指示，极大地激发了我省广大退役军人牢记初心、为国奉献的热情。

"张富清老人初心不渝、默默奉献，书写了精彩人生。"宜昌小伙张飞退伍后，放弃国企岗位返乡当农民，带领乡亲们脱贫致富，2018年被评为"最美宜昌人"。

他说："我将牢记初心和使命，将老英雄的精神接力棒传递下去，人生理想融入脱贫攻坚、乡村振兴的事业之中。"

一代人有一代人的使命，一代人有一代人的奋斗。"踏踏实实把每一项工作、每一次任务完成好，这是老英雄张富清给我的启示。"退役军人、华中科技大学学生向祺说，"我曾服役于空降兵黄继光连，我要像张富清老人一样，戎装卸下初心不改，做一颗红色基因的种子。"

大家表示，从习近平总书记的重要指示中，看到了他对英雄的关切与敬意。

"尊崇和善待退役军人，体现着一个国家、一个民族的精神与温度。"周振武表示，全省退役军人事务系统将坚持以退役军人为中心，始终把他们是否满意、是否认可作为检验工作成效的出发点和落脚点，始终充满信心、付出真心、保持耐心、下定决心与广大退役军人结对连心，坚持带着责任、带着感情开展工作，着力解决广大退役军人的操心事、烦心事、揪心事，全心全意当好他们的知心人、贴心人、娘家人。

《湖北日报》（2019 年 05 月 27 日 02 版）

牢记使命勇担当

——习近平总书记对张富清同志先进事迹重要指示在湖北省基层党员干部中引起强烈反响

湖北日报全媒记者　周寿江

"建功不贪功、有功不居功，张富清始终以一言一行诠释着共产党员的政治本色。""95 岁的张富清老人，有着 71 年的党龄，用时间和行动，向我们诠释了什么叫对党绝对忠诚！"

……

习近平总书记对张富清同志先进事迹作出重要指示，在我省基层党员干部中引起强烈反响。大家纷纷表示，要把习近平总书记重要指示精神落到实处，以张富清老英雄为榜样，不忘初心为人民，牢记使命勇担当，为实现中华民族伟大复兴的中国梦不懈奋斗。

砥砺奋进，不忘初心扎根基层

越是平凡处，越是见初心。

半个多世纪以来，张富清岗位在变，身份在变，但他对党忠诚、为民造福的初心始终没变。"老英雄张富清尘封功绩、不改本色，为的就是坚守最初从军入党的初心。"远安县委组织部年轻干部郭莎莎表示，在基层大有可为的今天，要想有作为，就要守好扎根基层这颗初心，脚下多沾泥土，眼里多含温暖，心里多装百姓，坚持把基层作为奋斗的主战场。"在部队，他是保家卫国的无畏战士；在地方，他是忧国忧民的建设先锋。"生于 1990 年的黄州区陶店乡黄泥潭村大学生村官田慧表示，作为基层党员，要以张富清老英雄为榜样，甘于奉献、不计回报，积极投身祖国各项建设事业。

国家电网丹江口市供电公司丁家营供电所负责人柯希超表示，作为一名身处山区的基层党员，我们要学习和传承张富清老英雄那种默默奉献、淡泊名利的精神，认真践行"人民电业为人民"的服务宗旨，全力以赴为辖区群众提供优质服务。

十堰市郧阳区叶大乡虎眼村党支部书记肖敦国，多次被当地评为"优秀共产党员"，他说，作为基层的一名党员，就是要向张富清同志那样，永远把党和人民利益放在心中最高位置，为民造福，让党放心，让人民放心。

迎难而上，时时刻刻显担当

战争年代，每场战斗，张富清都争当突击队员。张富清说，"我是共产党员、革命军人，越是艰险越要向前。"

和平时期，从部队转业时，张富清服从组织安排，去了偏僻艰苦的来凤县，从此扎根武陵大山。"张老英雄用时间和行动，谱写了一曲共产党人迎难而上、勇于担当的时代赞歌。"麻城市夫子河镇党委副书记、镇长李阜乔表示，学习张富清老英雄的先进事迹，作为大别山革命老区的乡镇干部，就是要学习张富清迎难而上、舍我其谁的担当精神，勇做担当型干部，敢啃硬骨头，勇于搬开工作上的"拦路石"。

武汉儿童医院新生儿内科医生曾凌空，日常工作中很重要的一部分是转运危重新生儿。他表示："转运是与死神赛跑，在转运中，会遇到重重考验。作为一名共产党员，要像老英雄张富清一样，经受住考验，真正做到'平常时刻看得出，关键时刻站得出，危难时刻豁得出'。"

全省"优秀社区民警"、宜昌市西陵区鼓楼街派出所副所长罗军，老家在恩施州，他说，作为基层党员、一线民警，要学习传承张富清老英雄"惩恶扬善，舍我其谁"的英雄气概，打击犯罪，守护一方平安。

脚踏实地，扎扎实实为民办事

习近平总书记对张富清同志先进事迹作出的重要指示，在荆山楚水引起热烈反响。

安陆市自然资源和规划局副局长、烟店镇周冲村第一书记李楚林表示，老党员张富清为我们树立了标杆，"对照老英雄，我们驻村吃点苦根本不值得一提，我们要脚踏实地，为人民争做更多奉献""不图虚名，扎扎实实为民办事"。2018年，在原单位驻村第一书记突发心脏病住院，不能继续驻村的情况下，李楚林主动向组织提出脱产驻村要求，一年多来，他吃住在村，很快与村民成了老熟人，通过小额信贷和产业奖补，帮村里建起了养鸡专业合作社等。"从转业到离休，数十年如一日，张富清像一块砖头，哪里需要就往哪里搬。我们要学习他的敬业爱岗精神，做一个脚踏实地的人。"谷城县委书记伍义兵表示，当前，无论是打赢打好"三大攻坚战"，实施乡村振兴战略，还是推进高质量发展，都是在做打基础、管长远的工作，要坚持"以人民为中心"，以"功成不必在我"的精神和"功成必定有我"的责任，和全县干部群众一道，为落实"一芯两带三区"区域和产业发展布局贡献谷城力量。

《湖北日报》（2019 年 05 月 28 日 02 版）

砥砺奋进谱新篇

—— 习近平总书记对张富清同志先进事迹重要指示
在湖北省青年学生中引起强烈反响

湖北日报全媒记者　韩晓玲

"张富清老人是我们身边的英雄，是当代大学生的榜样。""老英雄坚守初心、不改本色的感人事迹，为我们上了一堂生动的党课。"……

习近平总书记对张富清同志先进事迹作出重要指示，我省青年学子反响强烈。学子们纷纷表示，要深入学习贯彻落实习近平总书记重要指示精神，将张富清老英雄作为学习的楷模，争做有理想、有本领、有担当的新时代青年，让奋斗成为青春最亮丽的底色。

把准精神坐标

5月24日，武汉大学官方微信上的一篇文章，深情讲述了张富清老英雄与该校的7年情：2012年8月，老人因左膝关节感染引发败血症，生命一度垂危，紧急转入武汉大学人民医院，接受了手术。今年5月21日，该医院医疗队赴来凤县，对老英雄进行了回访。

医护人员回忆，当年在近两个月的住院时间里，张富清老人从未透露过英雄身份。他很坚强，治疗过程也没有任何怨言。左腿截肢后，顽强地重新站起来。

细微之处见精神。老英雄的高尚人格和坚毅品质，感动校园。大学生们表示，要以富清爷爷为榜样，把准精神坐标，严格要求自己，不断提升自己，为实现中华民族伟大复兴的中国梦而努力奋斗。"青年人在学习和工作中，不能叫苦喊累，要学习张富清老英雄的坚定信念与坚强精神。"武大基础医学院 2018 级学生王月说，作为一名医学生，自己要不忘初心，牢记使命，践行"健康所系，性命相托"的医学生誓言，努力成长为一名优秀的医务工作者。

该学院 2018 级哈萨克族学生德丽达·艾德拜克来自新疆阜康。她说："老英雄的故事让我深深震撼，他的崇高精神值得每个人学习。大学生不仅要在专业技术上过硬，思想品德上更要过硬。"

高擎信念火炬

"我们共产党人就是有着钢铁般的信念。"95 岁老英雄的铿锵话语，让"95 后"大学生的心灵深受触动。

信念之光不灭，信仰之树常青。"在几十年的岁月里，张富清老人初心不变、本色不改。对这位党龄 71 年的老战士、老党员来说，理想信念是精神上的'钙'，是燃烧了一辈子的火炬。"华中师范大学马克思主义学院 2017 级学生王晨说，从张富清先进事迹中，青年学子感受到积极向上的精神力量。

中南民族大学广告学专业 2017 级土家族学生李黎说，张富清老英雄的坚定信仰，令人深受教育。大学生要在学习、实践和科研中砥砺奋进，为实现中国梦贡献青春力量。

武汉工商学院有个由退役大学生士兵组建的社团——兵社协会，大三学生廖亮担任会长。这名退役军人、中共预备党员表示，将以兵社协会为载体，宣传老英雄的事迹，在同龄人中积极开展教育活动，共同高擎理想信念的火炬，照亮前行方向。"时代在变，初心不变。"湖北大学美术学专业学生李梦竹也是一名退役军人和预备党员。她说，大学生要坚定理想信念，担当时代使命，争做校园中的模范带头人。

牢记使命担当

张富清退伍转业时，没有回陕西老家，而是选择到来凤县工作，扎根偏远山区，默默奉献。"我来自恩施。老英雄为山区奉献一生，从山区走出的我感佩不已。"湖北大学 2017 级学生李逸说，青年学子要向张富清老英雄学习，奉献有为，出一份力、发一份光，凝聚起万众一心奋斗新时代的强大力量。

华中科技大学研一学生孙巧岩说，张富清老英雄将一生奉献给党和人民，到祖国需要的地方建功立业、无私奉献，当下的年轻人要好好学习这种精神。

中南民族大学 2017 级壮族学生沈柳君说，老英雄尘封功绩，淡泊名利。作为当代大学生，我们要努力成长成才，并践行志愿服务精神，为社会贡献光和热。"青年兴则国家兴，青年强则国家强。"湖北科技学院小学教育专业 2017 级学生段以琳说，青年一代应向张富清老英雄学习，永怀赤诚之心，不自傲，永勤勉，有担当，负责任，为社会发展奉献一份力量。

一代人有一代人的使命，一代人有一代人的担当。"哪里需要我们，就到哪里发光发热。"学子们纷纷表示要砥砺奋进，谱写属于青年一代的新篇章。

《湖北日报》（2019 年 05 月 29 日 02 版）

信仰之光耀人生

——习近平总书记对张富清同志先进事迹重要指示 在湖北省专家学者中引起强烈反响

湖北日报全媒记者　李思辉

"信仰之光照耀着他的人生征程，意志和信念赋予他攻坚克难的勇气和力量。""我们要积极做新时代的'张富清'。"

……

习近平总书记对张富清同志先进事迹作出的重要指示，在我省各大高校和科研院所引起强烈反响。专家学者们纷纷表示，从老英雄张富清身上，看到了什么是真正的英雄，什么是共产党人的本色，什么是纯粹和忠诚。要积极做新时代的"张富清"，完成时代赋予的使命和责任。

伟大征程需要更多"张富清"

武汉，珞珈山，英雄的事迹传开了。

武汉大学马克思主义学院教授丁俊萍说："在《湖北日报》上看到老英雄张富清的感人事迹后，深受感动，深受教育。"

丁俊萍认为，张富清之所以能取得极其不易的功绩，是因为他有坚定信仰、坚强意志、坚定信念。正如张富清说的那样："决定胜败的关键往往是信仰和意志。"信仰之光照耀着他的人生征程，意志和信念赋予他攻坚克难的勇气和力量。他不愧为英雄，值得学习和尊重。

践行初心看起来不难，难就难在坚持一辈子不改本色。湖北大学马克思主义学院副教授徐信华表示，张富清先进事迹是对每一个党员干部的提醒。它提醒我们，在任何一个地方、任何一个岗位都要坚持做好工作、克服困难，迎难而上；它提醒我们，新时代中国特色社会主义事业的伟大征程，需要更多的"张富清"。广大教育工作者应努力争做新时代的"张富清"，甘于奉献、勇于坚守、善于开拓、认真育人，出色完成时代赋予的使命和责任。

把英雄故事讲给当代青年听

"老英雄张富清的先进事迹生动地诠释了'人生价值'的深刻内涵。"中国地质大学马克思主义学院院长、教授高翔莲说，人生价值不是个人的享受，而是对国家的责任和对社会的奉献，人生价值不在于你获得了多少，而在于你付出了多少。张富清在战争年代保家卫国，枪林弹雨，九死一生；在和平时代，为民造福，默默奉献；即使到了耄耋之年，也要"为国家节约一点是一点"。从青年到壮年到老年，老英雄以三种不同的方式为国家为社会无私奉献。张富清老英雄的事迹，启示了新时代青年应该树立的人生观和价值观。高校思想政治课教学中，应教育广大青年向张富清老英雄学习，以"功成不必在我"的精神境界和"功成必定有我"的历史担当，胸怀忧国忧民之心、爱国爱民之情，不断奉献祖国、奉献人民。

三峡大学马克思主义学院副教授闫少华说，老英雄张富清不忘初心、默默奉献的先进事迹让人非常感动。将把张富清的英雄事迹讲给大学生听，教育引导大学生继承和弘扬老一辈共产党人无私奉献的精神。帮助大学生树立国家意识、民族意识和责任意识，把个人价值的实现和国家、民族的发展联系起来，不懈奋斗、努力奉献，做中华民族伟大复兴中国梦的奋进者和奉献者。

传承和弘扬英雄的精神品质

英雄，是社会的精神元气。崇尚英雄、学习英雄、关爱英雄，是我们推崇的民族气质。

中共湖北省委党校副校长、教授张继久认为，习近平总书记的重要指示至少有三层深意：一是高度地概括了老英雄张富清的事迹，体现了对人民英雄的崇高敬意和深切关怀；二是深刻地揭示了老英雄张富清展现出的崇高品质，即坚守初心、不改本色，忠于职守、甘于奉献，朴实纯粹、淡泊名利，为广大部队官兵、退役军人和党员干部树立了时代榜样；三是鲜明地向全党全社会发出号召，"积极弘扬奉献精神，凝聚起万众一心奋斗新时代的强大力量"。

张继久分析说，当前，世界面临百年未有之大变局，我国仍处于发展的重要战略机遇期，但国际形势日趋错综复杂，国内改革发展稳定任务依然艰巨，我们要自觉向老英雄张富清学习，传承和弘扬老英雄张富清的精神品质，不忘初心、牢记使命，在以习近平同志为核心的党中央带领下走好自己的路、做好自己的事。

湖北省社会科学院副研究员苏娜认为，张富清的事迹之所以感人，其中重要的一点就是他的低调、不张扬。不张扬，不是因为他没有作为和成绩，恰恰相反，他在战争年代屡立战功，在社会主义建设和改革开放时期，扎根边远山区，奉献一生。这种"有功不居功"的伟大与平凡，在他身上相互交织，更映衬出一个共产党员的高尚人格和壮美精神。

"向老英雄张富清学习""以老英雄的精神武装自己……"初夏的荆楚大地，一场对英雄事迹自发的传颂和学习，还在不断持续。

《湖北日报》（2019 年 05 月 30 日 03 版）

老英雄张富清的
本色人生

从不提当年勇，直到退役军人信息采集时才发现——

95岁老人是功勋卓著的战斗英雄

湖北日报全媒记者　胡成　张欧亚　刘俊华

通讯员　秦叙常　邱克权

中国建设银行来凤支行的离休干部张富清，今年95岁了。在熟人和子女眼里，他是一位温和慈祥的长者。去年底，来凤县退役军人事务局在进行退役军人信息采集时，老人出示了一张泛黄的《立功登记表》。上面记录着他在解放战争时期荣立一等功三次，二等功一次，攻占摧毁敌人碉堡4座，多次充当突击队员在战火中九死一生。直到这时，人们才知道，这是一位有着卓著功勋的战斗英雄。

参加突击队只身攻下多座碉堡

张富清的档案显示，他1924年出生于陕西汉中洋县，1948年参加解放军西北野战军，1955年转业到恩施来凤县，先后在县粮食局、三胡区、卯洞公社、县外贸局、县建行工作，1985年在县建行副行长岗位上离休。

去年11月，来凤县退役军人事务局进行退役军人信息采集工作。张富清配合信息采集，出示了一张《立功登记表》、一张《报功书》、几枚徽章等原始资料，让家人和工作人员震惊。这张泛黄的登记表上记录了张富清在西北野战军4次立功的经过：一、1948年6月，他作为 14 团 6 连战士，在壶梯山战役中任突击组长，攻下敌人碉堡一个、打死敌人两名、缴获机枪一挺，并巩固了阵地，使后边部队顺利前进，获师一等功；二、1948 年 7 月，他作为 14 团 6 连战士，带领突击组 6 人，在东马村消灭外围守敌，占领敌人一个碉堡，给后续部队打开缺口，自己负伤不下火线，继续战斗，获团一等功；三、1948 年 9 月，他作为 14 团 6 连班长，在临皋执行搜索任务，发现敌人后即刻占领外围制高点，压制了敌人封锁火力，完成了截击敌人任务，迅速消灭了敌人，获师二等功；四、1948 年 10 月，他作为 14 团 6 连班长，在永丰战役中带突击组，夜间上城，夺取了敌人碉堡两个，缴机枪两挺，打退敌人数次反扑，坚持到天明，获军一等功。

张健全是张富清的小儿子，今年也有 57 岁了，曾任县政法委常务副书记。看到父亲私人收藏的历史资料，他也感到非常惊奇，几十年来，他只知道父亲是一名退伍军人，却从未听他说起过这些赫赫战功。

冲锋陷阵时子弹擦着头皮飞过

记者偶然获悉这个消息，联系到张健全表示想采访他的父亲，他感到有些为难，不确定父亲是否愿意接受采访。后来对老人称"省里有人想来看望，了解一下过去战争的情况"，老人勉强答应和我们聊一聊。

张富清老人和老伴孙玉兰，住在 20 世纪 80 年代建成的一间简陋两居室里。他听力不佳，需要靠 84 岁的老伴转述。在记者的请求下，老人从箱底翻出一个盒子，从里面拿出立功证书、《报功书》和军人登记证，这些都是 1948 年至 1951 年间的原始资料，显示当时西北野战军的司令员兼政委是彭德怀。

张富清告诉记者，他 1948 年 3 月参加解放军，当时不分白天黑夜战火正猛，他记不清打了多少仗，但记忆最深的是永丰城那一仗。那天拂晓，他和另两名战友组成突击组，率先攀上永丰城墙。他第一个跳下城墙，冲进敌群中展开近身混战，也不知道战友去哪里了。他端着冲锋枪朝敌群猛扫，突然感到头顶仿佛被人重重锤了一下，他缓过神来继续战斗。后来又感觉血流到脸上，用手一摸头顶，一块头皮都翻了起来，他才意识到一颗子弹擦着头皮飞过，在头顶留下一道浅沟。

击退外围敌人后，张富清冲到一座碉堡下，刨出一个土坑，将捆在一起的 8 颗手榴弹和一个炸药包码在一起，拉下手榴弹的拉环。手榴弹和炸药包一起炸响，将碉堡炸毁。这场战斗一直打到天亮，他炸毁了两座碉堡，缴获两挺机枪。战斗结束，他死里逃生，而突击组的另两名战友却再也没有见到。

张富清说，他多次参加突击组打头阵，但当年他的身体其实很瘦弱，他打仗的秘诀是不怕死。"一冲上阵地，满脑子是怎么消灭敌人，决定胜败的关键是信仰和意志。"张富清总结说。

因为打仗勇猛，彭德怀到连队视察鼓劲的时候，多次接见张富清和突击组战士。永丰战役后，彭德怀握着他的手说："你在永丰战役表现突出、立下了大功。"还亲手给他授功。

转业后依然保持突击队员本色

1955 年，张富清转业到来凤县。

今年 68 岁的田洪立，曾与张富清在来凤县卯洞公社共事 4 年多。当时田洪立是公社副书记，张富清是公社革委会副主任。

记者问起田洪立是否知道张富清是战斗英雄，他非常意外。他回忆说，张老为人正派，从不倚老卖老、夸夸其谈，工作中总是挑最困难的任务，但从未听张老讲过去打仗的经历。

田洪立记得当年公社班子成员分配工作片区，张老抢先选了最偏远的高洞片区，那里不通路、不通电，是全公社最困难的片区。

在建行来凤支行里，许多人知道这位离休的副行长，但都没听说过他的英雄事迹，33 岁的年轻行长李甘霖却对张富清敬佩有加。

李甘霖告诉记者，去年 11 月，他得知张老要去武汉做白内障手术，需要植入人工晶体。他嘱咐老人："您是离休老革命，医药费全部报销，可以选好一点的晶体，保证效果。"后来老人做完手术回来，李甘霖发现老人只选了一个 3000 多元最便宜的晶体。

张富清说："我 90 多岁了，不能再为国家做贡献了。医生给我推荐 7000 多元到 2 万多元的晶体，我听到同病房的一名农民只选了 3000 多元的，我也选了跟他一样的，为国家节约一点是一点。"

张富清虽然从未向同事讲过自己在战争年代中当突击队员的经历，但他在行动上一直是奉行着一名突击队员的标准。

深藏功名数十载连子女都没讲

因为退役军人信息采集，张健全无意中知道了父亲战斗英雄的身份。最近一次，趁着陪父亲在医院看病，他试着询问父亲一些战场的经历。老人向他出示了两处伤口，一处是右边腋下，是在战斗中被敌人的燃烧弹灼伤，一处就是头顶的子弹擦伤。

记者问，这么英勇的事迹为什么从来不讲呢？老人说："这些往事，组织上已经给了我证书和勋章，我没必要再拿出来到处显摆。"

来凤县退役军人事务局的领导在上门探望时，询问张富清老人有什么要求。他动情地说："当年和我并肩战斗的那些战友，好多都牺牲了，还有一些整连整排牺牲的战友，他们根本没有机会提任何要求。比起他们，我今天吃的、住的已经好很多倍了。我有什么资格居功自傲，给党找麻烦提要求呢？"

　　张富清老人还欣慰地说，他一家四代人，如今有 6 名党员，后辈们都兢兢业业地工作着，子孝孙贤，是他最满足的事。

《湖北日报》（2019 年 02 月 15 日 10 版）

95 岁老英雄张富清克己奉公永葆党员本色——

深藏战功 63 年

人民日报记者　田豆豆

【核心阅读】

　　直到 2018 年底，湖北恩施土家族苗族自治州来凤县退役军人事务局进行退役军人信息采集工作时，张富清老人才出示了尘封 63 年的军功证明：一张《立功登记表》、一张《报功书》、几枚勋章。其中清楚记录着：他曾荣获西北野战军特等功一次、军一等功一次、师二等功一次、团一等功一次，并被授予军"战斗英雄"称号和师"战斗英雄"称号。在祖国建设时期，他依然做到了党让去哪就去哪，哪里最困难就去哪里，不讲条件、不计得失，体现了对党的"绝对忠诚"。

　　"每当清明前后，我都会想起那些和我并肩战斗过的战友，心里很不平静：他们在关键时刻，挺身而出，为新中国成立献出了宝贵生命……" 4 月 2 日，提起 70 多年前牺牲的老战友们，95 岁的张富清老人依然满眼泪水，声音哽咽，"我的战功，和他们的贡献相比，差得很远；我现在人还在，生活等各方面都比他们享受得多，还有什么理由向组织提要求？"

　　95 岁老英雄张富清老人在解放战争中战功赫赫，却直到 2018

年底湖北恩施土家族苗族自治州来凤县退役军人事务局进行退役军人信息采集工作时，他才出示了自己尘封63年的军功证明：一张《立功登记表》、一张《报功书》、几枚勋章。其中清楚记录着：他曾荣获西北野战军特等功一次、军一等功一次、师二等功一次、团一等功一次，并被授予军"战斗英雄"称号和师"战斗英雄"称号。

"我每次都积极报名参加突击队"

"去年12月3日快下班的时候，张健全叔叔匆匆忙忙进来，拿出一个很旧的红布包裹……打开一看，里面有几张类似奖状的泛黄纸页、一个红本子、三枚奖章。我第一眼就被刻有'人民功臣'字样的勋章吸引住了……"来凤县人社局退役军人事务登记人员聂海波回想起当日情景，一切仍历历在目，"再看到由西北野战军彭德怀司令员亲自签发的《报功书》，以及上面记录的战功，我整个人就愣住了。我父亲曾是军人，我也算是个'军迷'，但这样的勋章我从没见过，有这样大战功的人，我也从没接触过。"

张健全是张富清老人的小儿子。老人听说国家成立了专门的退役军人事务部门，要开展退役军人登记普查，这才拿出了"压箱底"的宝贝，让儿子拿来登记。

根据《立功登记表》《报功书》记录和张富清老人的口述，人们才第一次知道：这位看起来平凡朴素的老人，曾在沙场九死一生，立下不朽功勋。

1948年3月，陕西省汉中市洋县24岁青年张富清参加中国人民解放军；由于作战勇猛，当年8月，由连队集体推荐火线入党，成为预备党员。"那时候，不分白天黑夜，几乎天天在打仗行军。"张富清回忆道：1948年6月至9月，老人参加壶梯山战役，攻下敌人碉堡一座、打死敌人两名、缴获机枪一挺，并巩固阵地；在东马村消灭外围守敌，占领敌人一座碉堡，为后续部队打开缺口；在临皋执行搜索任务，发现敌人后即刻占领外围制高点，压制敌人火力，完成截击敌人任务。

1948年10月的一天拂晓，张富清作为班长，和两名战友组成突击组，率先攀上永丰城墙。他第一个跳下城墙，冲进敌群展开近身混战，端着冲锋枪朝敌群猛扫，突然感到头顶仿佛被人重重捶了一下，后来又感觉血流到脸上，用手一摸头顶，一块头皮翻了起来……击退外围敌人后，张富清冲到一座碉堡下，刨出一个土坑，将捆在一起的8颗手榴弹和一个炸药包码在一起，拉下手榴弹的拉环，手榴弹和炸药包一起炸响，将碉堡炸毁。这场战斗一直持续到天亮，他炸毁了两座碉堡，缴获两挺机枪。永丰战役后，他荣获西北野战军军一等功。

每一次战斗，张富清总是担任"突击队员"。"那时候，解放军的'突击队'就是'敢死队'，是冲入敌阵、消灭敌军火力点的先头部队，伤亡最大。我每次都积极报名参加突击队，为什么？因为我是共产党员，在党需要的时候，越是艰险，越要向前！为了党和人民，就是牺牲了，也是无比光荣！"慈祥的张富清老人，说起自己坚定的信念，突然严肃无比，声音中气十足……

"哪里最困难，我就去哪里"

从陕西一直打到新疆喀什，直到解放全中国。1955年，张富清作为连职干部在武汉的中央军委航空速成中学完成两年文化学习后，面临复员转业。"部队号召我们，到最艰苦的地方去，到最需要的地方去建设祖国。哪里最困难，我就去哪里。"张富清一打听，了解到湖北最艰苦的地方是恩施，恩施最偏远的地方是来凤，他二话没说，便把工作地选在了来凤。妻子孙玉兰也跟着他到了来凤，从此，二人几乎再没回过陕西老家。"那时不像现在，没有飞机、没有火车、没有高速公路，只有盘山路，从武汉到恩施要走 5 天，从恩施到来凤要走两天。"孙玉兰回忆说。

从到来凤的那一天起，张富清就"封存"了所有战功记忆，一心一意干好每件工作。他先后在县粮食局、三胡区、卯洞公社、县外贸局、县建行工作，1985 年在县建行副行长岗位上离休。"工作30 年，他从没提过军功，也从没向组织提过任何要求。"来凤县委巡察办主任邱克权感慨道。

张富清任卯洞公社革委会副主任时，他的一儿一女都转去公社上学。孩子的老师向致春当时经常去张富清家家访，他说："张富清的孩子穿的比其他学生都差，我在他家吃饭，发现他们吃的也很差，很少见到肉。"当时不少干部会向集体借钱，对困难干部，组织上也会给几十元补贴，但后来向致春问过公社会计，会计说，直到张富清离开卯洞，从没向集体借过一分钱，也从没享受过组织对困难干部的补贴。

日子过得紧巴巴，但张富清干工作，照样保持着突击队员的作风。公社班子成员分配工作片区，张富清抢先选了最偏远的高洞片区，那里不通路、不通电，是全公社最困难的片区。在那里，张富清带领社员们投工投劳，一起放炮眼、开山修路……

"如果我照顾亲属，群众对党怎么想"

直到今天，张富清和老伴，还带着残疾的大女儿住在 20 世纪80 年代修建的老旧两居室里，家里打扫得一尘不染，但装修、家具还是几十年前的老样子。狭窄的客厅里，有个柜式空调，是儿女们送给老人的，但两位老人舍不得用。尽管儿女早已成年，工资收入也大有改善，但勤俭节约的习惯已经深入两位老人的骨髓……

20 世纪 60 年代，张富清任三胡区副区长，一人几十元的工资要养活一家六口。孙玉兰原本在三胡供销社上班，国家开展精简退职工作，张富清竟首先动员妻子离职，减轻国家负担。"我不让你下岗，怎么好去做别人工作？"张富清对妻子说。

1975 年，张富清的大儿子遇到一个到恩施县工作的机会，但身为公社革委会副主任的张富清却让儿子放弃机会，下乡当知青。"我经常对儿女说，找工作、找出路不能靠父亲，只能靠自己努力学习，要自强不息、自己奋斗。"张富清说，"我是共产党员，是党的干部，如果我照顾亲属，群众对党怎么想？"在父亲的言传身教下，张富清的 3 个儿女都很争气，通过高考和岗位的公开招考闯出了自己的天地。

去年 11 月，中国建设银行来凤县支行行长李甘霖得知张富清因白内障要做手术，叮嘱老人和家属，"您是离休干部，医药费全报，还是用个好点的晶体，效果好些。"到了医院，医生也向张富清推荐了 7000 元以上的几款晶体。没想到老人自己向病友打听，了解到别人用的是 3000 多元的晶体，立刻"自作主张"，选择了 3000 多元的晶体。"拿到报销单时，我吃了一惊，问老人家是怎么回事。老人说：'我 90 多岁了，不能为国家做什么贡献了，能为国家节约一点就节约一点吧！'"李甘霖感动地说。

【短评】

71 年党龄，见证"绝对忠诚"

在新中国成立 70 周年之际，一位党龄 71 年的老战士、老党员，向我们诠释了什么是对党"绝对忠诚"。

在张富清老人眼里，在战场上，共产党员应做到"党指到哪儿，就打到哪儿"，敢于冲锋在前、敢于牺牲生命，那才是对党"绝对忠诚"；在祖国建设时期，共产党员应做到"党让我去哪就去哪，哪里最艰苦就去哪儿"，不讲条件、不计得失，那才是对党"绝对忠诚"。

　　他是这样说的，也是这样做的。更难能可贵的是，他认为，做这些，只是共产党员的本分，根本不值得夸耀和"显摆"。军功章，他压进了箱底，就连对至亲好友都不曾提及；干工作，遇到困难和委屈，想想牺牲的老战友，他什么都释然了。

　　新中国走过了70年的风风雨雨，张富清老人的岗位、身份也一再改变；唯一不变的，是他对党的"绝对忠诚"。从老人身上，我们看到了什么是"不改初心"，什么是"淡泊名利"，什么是"克己奉公"，我们看到的是一个共产党员的本色。

　　70年前，理想信念之火熊熊燃烧的共产党人，克服了千难万险，取得了一个又一个伟大胜利，缔造了新中国；在中华民族伟大复兴的新征程上，需要共产党人以同样坚定的理想信念，和同样不畏任何艰险的豪情，去夺取新的伟大胜利！

　　　　　　　　　　　　　《人民日报》（2019 年 04 月 09 日 06 版）

张富清的故事——

一辈子的"突击队员"

人民日报记者　程远州

　　尘封 63 年的军功被发现后,张富清不愿接受媒体采访。他说:"那么多战友都牺牲了,比起他们,我有什么资格显摆自己的功劳?"儿子给他做工作:"把您的故事讲出来,能激励很多人。"

　　于是,面对一拨又一拨的来访者,95 岁的张富清又一次拿出了当年的"突击队员"作风。他用一条腿撑起身体,忍着病痛,讲述平日里并不愿过多回忆的战火纷飞的岁月。

　　突击队员,是张富清的"老本行"。1948 年 3 月,24 岁的张富清参军,在历次战斗中都是冲锋在前。由于作战勇猛,当年 8 月,他便被连队推荐火线入党,成为预备党员。老人回忆,那时候解放战争进入战略反攻阶段,几乎天天在行军打仗,每次战斗自己总是主动要求担任突击队员。

　　"突击队员就是'敢死队',是冲入敌阵、消灭敌军火力点的先头部队,伤亡最大。我是一名共产党员,在党需要的时候,越是艰险,越要向前!"张富清说,自己心中始终有一个信念——为党和国家牺牲是光荣的。

　　张富清其实也怕,战争的残酷让他在几十年后仍会在深夜里突然惊醒。令他记忆深刻的永丰战役,"一夜之间换了 3 个营长、8 个连长。"

那是 1948 年 11 月 27 日夜晚，张富清作为班长，和两名战友组成突击组，扒着墙砖缝隙攀上永丰城墙。他第一个跳下去，冲进敌群，端着冲锋枪猛扫，"突然感到头顶好像被人重重捶了一下，后来又感觉血流到脸上，用手一摸头顶，一块头皮翻了起来……"

那天晚上，张富清击退外围敌人后，冲到一座碉堡前，刨出一个土坑，将捆在一起的 8 颗手榴弹和一个炸药包码在一起，然后拉弦引爆。他独自坚守到天亮部队进城，炸毁两座碉堡，缴获两挺机枪。此役，他荣获军里的一等功。

新中国成立后，将军功勋章藏于箱底的张富清，却没有忘记自己突击队员的军人本色。

1954 年，组织告知已是连职军官的张富清，湖北省恩施地区条件艰苦，急需干部支援。"我是党培养的干部，党需要我去哪里，我就去哪里。"本来可以凭军功留在大城市的他，又一次担任起"突击队员"，带着结婚不久的妻子，赶赴鄂西深山。

在来凤县的 30 多年里，张富清一次又一次地主动担任"突击队员"——

当时的三胡区粮食短缺，干群关系不好。担任副区长的张富清，时常在村民家里一蹲就是 20 来天，与村民同吃同住同劳动，"让村民看看共产党的干部是什么样。"三胡区当年就顺利完成了为国家供粮、为百姓存粮的任务。

原卯洞公社最偏远的高洞片区深居大山，不通水不通路，老百姓常常吃不上饭。时任公社革委会副主任的张富清，在班子成员分配片区时抢先选了高洞，住在村民家的柴房里，带领村民们肩挑背扛，修出一条能走马车、拖拉机的土路。

"张老真可以说是革命的一块砖，哪里需要哪里搬。"曾和张富清在卯洞公社共事的田洪立感慨。

老兵暮年，气概不减。88 岁时，张富清的左腿截肢。为了不给组织添麻烦，为了让子女"安心为党和人民工作"，他凭着一名突击队员的坚毅，术后一周就忍痛下床锻炼。他给自己做了一个简易推车，手扶车子用一条腿顽强地站了起来。

迎难而上，为党和国家而战的突击队员本色，张富清保持了一辈子。

《人民日报》（2019 年 05 月 26 日 04 版）

张富清的故事——

两种态度待公私

人民日报记者 程远州

一碗苞谷饭、一碟黄豆合渣、一盘炒青菜，这是张富清的晚饭。素淡的饮食，一如老人离休后恬淡的生活。

时至今日，张富清还住在就职于建设银行来凤支行时分配的宿舍。30多年过去，当初的简易装修早已老旧不堪，泛黄的墙壁、斑驳的木门、拼凑起来的家具、被熏黑的厨房，诉说着主人的勤俭。

过着朴素的生活，张富清却知足感恩："我吃得好、住得好，比以前不知道好了多少倍，比贫困农民也好很多，只要国家发展得好，我们的日子都会好起来。"

从县粮食局到乡镇领导，再到外贸局、建行，在湖北省来凤县工作的30多年里，张富清首先想到的不是为自己的小家改善生活条件。"我是党的干部，不仅仅是一个小家庭的家长，我要为大家做点有益的事。"

为了"大家"，张富清常常顾不上"小家"。

来凤县原教委主任向致春记得，当年他担任过张富清小儿子和小女儿的小学班主任，每次去家访，饭桌上总是"老三样"：青菜、馒头、油茶汤。"我在他家吃过不下10次饭，没见过肉腥。"向致春笑言，张富清当时是来凤县原卯洞公社革委会副主任，是老百姓眼中的"大官"，但家里的伙食比一些社员还差。

按照国家拥军优属政策，张富清的妻子孙玉兰被招录为供销社公职人员，端上了"铁饭碗"。但三年困难时期，全面精简机构人员，时任来凤县原三胡区副区长的张富清首先动员妻子"下岗"。"要完成精简任务，就得从自己头上开刀，自己不过硬，怎么做别人的工作？"

思想工作好做，实际困难却难解。"下岗"后，为了贴补家用，孙玉兰当过保姆、喂过猪、捡过柴、做过帮工。回忆那段艰辛岁月，孙玉兰不住地摇头，"苦，太苦了，吃穿用度、养育子女都成问题。"

"父亲一个人的工资维持不了全家的生活，每次放了学，我们就去拣煤块、拾柴火、背石头，或者帮妈妈盘布扣，我们几个都学会了缝补衣服。"小儿子张健全回忆。

当时，张家住在卯洞公社一座年久失修的庙里，20多平方米的房子里挤了两个大人、4个小孩。就在那时候，张富清的大女儿患了脑膜炎，因未能及时救治而留下后遗症。这也成了张富清一辈子两件最遗憾的事情之一。

另一件遗憾的事，是没能见母亲最后一面。

那是1960年初夏，张富清收到陕西汉中老家发来的两封电报，一次是母亲病危，一次是母亲过世。那段时间，他正主持三胡区一项重要培训，原本想等工作告一段落再回去探望，却没想到竟是天人永隔。

多年之后，他在日记中如此写道："当时国家正处于困难时期，工作任务重，在外地工作想回家探亲的同志也多，作为一个共产党员、革命军人，不能向组织提要求、找麻烦，干好工作就是对亲人们最好的报答。"

"把大家的事办好，我们的小家才能过得舒服。"张富清对待公和私的原则，在张家被严格地执行着，"不能给组织添麻烦"是全家都要遵守的规矩。

大儿子张建国高中毕业后想参加招工，分管这项工作的张富清不仅对儿子封锁信息，还让儿子响应国家号召，下放到卯洞公社的万亩林场；大女儿常年看病花钱，他从未向组织伸过手；小儿子读书考学，他有言在先："我没有力量也不会帮你找工作。"

张富清4个子女，患病的大女儿与老两口相依为命；小女儿是卫生院普通职工；两个儿子从基层教师干起，一步步成长为县里的干部。

有人不理解，问他为何不能"灵活点""通融些"？

张富清回答："我是党培养的干部，要是以权谋私，怎么对得起党，怎么面对老百姓？"

《人民日报》（2019年05月27日04版）

张富清的故事——

三枚奖章映丹心

人民日报记者　王珏

虽然年代已经有些久远，但张富清的 3 枚奖章在灯光下依旧闪着光芒。

第一枚军功章上，在鲜艳的五星红旗和毛主席像下方，"人民功臣" 4 个字闪闪发亮，这是西北军政委员会颁发的"人民功臣"军功章；第二枚奖章，五星红旗映衬着巍峨群山，奖章上刻着"解放西北纪念章"；第三枚奖章的外形是由银色和金色两颗五角星重叠而成的多角形，正中是红色的五角星和天安门，稻穗和长枪交叉，位于天安门下，意味着保卫祖国。

在退役军人信息登记过程中，3 枚奖章出现在世人面前，张富清 60 多年深藏功名的事也迅速传开。退役军人事务部要求采集退役军人信息，怀着对组织如实汇报的想法，他才拿出这些奖章。这么多年，他甚至对子女都没有提起过。面对前来看望、采访的人们，张富清显得低调而平静，"我只是一名 95 岁的普通党员、普通公民，没有什么特别的。"

"在战场上也好，在和平时期也好，只要是党给的任务，就要好好完成。"接受采访时，张富清话音洪亮、思路清晰，但毕竟是 95 岁老人了，时间久了难免精力不济。可面对来来往往的人，他没有说过一个累字。

张富清的事迹被媒体报道后，反响还在持续。国家博物馆得知后，希望征集张富清的奖章和立功证书。国博相关负责人说，张富清老人及其军功章、立功证书，加上彭德怀直接签发给个人的报功书，完整而系统地反映了西北解放过程的艰苦卓绝，目前来看这些都是极其珍贵的绝版文物。为此，他们联系到张富清的家人。家人问张富清是否舍得，他笑着说："当年国家需要战士，我可以捐躯。现在国家需要文物，我怎么会舍不得几个牌牌和几张纸呢？"

名和利是党和人民给的，只要是党的任务、人民的需要，他还是那个可以随时挺身而出的"战士"。一颗忠诚的心，就是他最亮丽的奖章。

张富清的箱底，还压着一张转业时拍的照片。照片上，他戴着3枚奖章，年轻的脸庞露出一丝微笑，眼中透着坚定的目光。在这之后，3枚奖章被压在了箱底。60多年过去了，岁月爬上了他的脸庞，染白了他的两鬓。

张富清的日记中写道：勋章箱底压，子女犹未白。整天一脸笑，只知是老兵。

《人民日报》（2019 年 05 月 28 日 04 版）

张富清的故事——

四次选择彰显党性修养

人民日报记者　程远州

"小心点，别摔了啊。"看到记者拍照，张富清的小儿子张健全小声提醒。

那是一只老掉牙的搪瓷缸，一面印着天安门、和平鸽的图案，一面印着"赠给英勇的中国人民解放军""保卫祖国 保卫和平"等字样。张健全笑言，这是父亲张富清的"宝贝"，用了60多年还不舍得丢掉。

1953年，全军抽调有作战经验的连职及以上军官参加抗美援朝，已在新疆喀什安定下来的张富清主动请缨，和战友们马不停蹄地赶赴北京。才到北京，《朝鲜停战协定》签订，这批战斗骨干就被送去学习文化知识。

几个月后，在全国人民慰问人民解放军代表团赴各地部队开展慰问活动时，正在江西南昌防空部队文化速成学校学习的张富清和战友们一人获得了一块纪念章、一只搪瓷缸。

"刚从战场下来，九死一生，过了几天安稳日子，为什么又争着返回战场？"有人问。

"我们是人民的军队，眼看着要打到中国来了，我们如果不出头，人民就没好日子过了嘛。"张富清回答。

张富清第一次选择为人民而战，是在1948年3月。这之前，张富清曾被国民党军队抓去充当了两年多的杂役。在瓦子街战役中，被"解放"的他没有领遣散费，而是主动要求加入解放军。

"共产党的军队仁义、讲规矩，是真正为劳苦大众打仗的军队，参加解放军就是为自己打仗，为人民打仗。"张富清说起往事依旧慷慨激昂。入伍4个多月，作战英勇的张富清选择坚定地跟党走：加入中国共产党。至今他还记得，入党介绍人是连长李文才、指导员肖友恩。

1954年12月，张富清从文化速成学校毕业后有多种选择：留在大城市，海阔天空；回陕西老家，可以方便赡养老母。当组织找他谈话时，他当即决定响应党的号召，去鄂西山区最偏远、最困难的来凤县。这是他人生的第三次重要选择。

"我是一名党员，党需要我干什么，我就干什么，战场上死都不怕，苦点怕什么？"谈及当年的决定，张富清至今依然态度坚定。

妻子孙玉兰原以为丈夫到了来凤，为当地贫穷面貌的改善做点贡献，就能回大城市或者老家去。却没想，这一去便是一辈子。

1965年，张富清从来凤县原三胡区调往原卯洞公社。当时来凤县有"穷三胡富卯洞"的说法，三胡区的老百姓常常要吃救济粮，而卯洞公社因为有码头、船厂、林场等社办企业，条件相对较好。

本以为生活会有所改善的孙玉兰，却没想到丈夫又一次作出了"一名共产党员的选择"，他主动要求分管条件最苦的高洞片区，扛着铺盖卷上了山。张富清一年到头忙着带领高洞的村民们修路、抓生产，一连几个月不着家。

大儿子张建国还记得，有一次他上山给父亲送饭菜，走到天黑还没赶到地方，只得投宿在村民家中。

为党分忧，为人民谋幸福，是任何时代的共产党员都应有的选择。95岁的张富清坚定地认为，在人生的诸多岔路口，他选择了最应该走的那条路——跟着党走。

《人民日报》（2019年05月29日04版）

张富清的故事——

五个岗位背后的为民情怀

人民日报记者　王珏

　　县粮食局、三胡区、卯洞公社、县外贸局和县建行，是张富清转业后的 5 个主要工作单位，新中国 70 年发展历程，他是参与者、建设者。"我是革命一块砖，哪里需要哪里搬。"张富清说。

　　20 世纪 60 年代，张富清在湖北省来凤县三胡区任职。当时的经济条件一般，人们的温饱问题还没解决，张富清的首要任务是解决吃饭问题。

　　为真正了解老百姓的实际困难和需求，张富清想了一个办法，他找最穷、最困难的家庭，和他们一起栽红薯、种苞谷，一起劳动一起生活。从陌生到熟悉、从隔膜到认同，张富清取得了当地老百姓的信任，也将党的声音传到了边远山区。张富清说："干群关系密切了，工作就好开展了。"

　　20 世纪 70 年代，公社班子成员分配工作片区，张富清抢先选择最偏远的高洞片区，那里不通路、不通电。张富清决心给当地修路，他一边给粮田被占的农民做思想工作，一边和社员一起肩挑背扛。张富清靠着细致的思想工作和过硬的实干作风，给高洞修了第一条公路。

　　20 世纪 80 年代，张富清调任建设银行来凤县支行副行长。当时建行只有几个职工，资金更是困难。单位没有独立的办公场所，只得借用其他单位的土瓦房，职工也没有住处，所有的业务只是发放贷款。摸清情况后，张富清一方面狠抓学习，提升职工的业务能力，调动大家的工作热情，另一方面积极改善职工的实际困难，想办法解决职工办公室和宿舍问题。

当时正逢建行"拨改贷"改革，国有小型煤矿田坝煤矿是当时建行最大的贷款户，张富清经常去煤矿了解生产销售情况，常给企业出谋划策。建行来凤县支行行长李甘霖说，当年建行放出的贷款，没有一笔呆账。

时光荏苒，离休后的张富清过着简朴的生活。一所简陋的屋子，几件普通的家具，张富清却甘之如饴："现在的条件比以前好太多了，我很知足。"

张富清很普通，慈眉善目，不愿给别人添麻烦。然而，他又是不平凡的，经过战火的洗礼、时代的淬炼，信念之光却愈发明亮。他的眼中，永远是脚下那片土地，他的心中，永远装着人民。

《人民日报》(2019 年 05 月 30 日 04 版)

英雄无言

——95 岁老党员张富清的本色人生

新华社记者　唐卫彬　杨依军　谭元斌

71 年前，他是西北野战军的突击队员，冒着枪林弹雨，炸掉敌人四个碉堡，战功卓著，是董存瑞式的战斗英雄。

64 年前，他退役转业，主动选择到湖北省最偏远的来凤县工作，为贫穷山区奉献一生。从此，赫赫战功被他埋在心底，只字不提。

7 年前，他 88 岁，左腿截肢，为了不给组织添麻烦，更为了让子女"安心为党和人民工作"，装上假肢，顽强地站了起来。

现在，他 95 岁，仍然坚持学习。他说："人离休了，政治上思想上绝不能离休。"

……

所有这些，只因他是一名共产党员。

他就是原西北野战军 359 旅 718 团 2 营 6 连战士张富清。

（一）

2018 年 12 月 3 日，来凤县城。

来凤县委政法委干部张健全，小心翼翼地怀揣着一个包裹来到县人社局。彼时，县里正在按照上级统一安排，开展退役军人信息采集工作。

张健全带来的东西，是父亲张富清一生珍藏的宝贝。

"那是下午 5 点 20 分，我正准备下班。看到闪耀着光芒的勋章，我一下就被吸引住了。"对那天的情景，来凤县退役军人信息采集工作专班信息采集员聂海波记忆犹新。

在聂海波注视下，张健全郑重地一一取出包裹里的物品——

一本立功证书，记录着张富清在解放战争时立下的战功：立军一等功一次，师一等功、二等功各一次，团一等功一次，两次获"战斗英雄"称号。

一份西北野战军的《报功书》，讲述着张富清"因在陕西永丰城战斗中勇敢杀敌"，荣获特等功。

一枚西北军政委员会颁发的奖章，镌刻着"人民功臣"四个大字……

激动地看完张健全带来的材料，聂海波深感震撼："没想到我们来凤还隐藏着这样一位战功赫赫的大英雄！"

（二）

"永丰战役带突击组，夜间上城，夺取敌人碉堡两个，缴机枪两挺，打退敌人数次反扑，坚持到天明。我军进城消灭了敌人。"

这是立功证书对张富清 1948 年 11 月参加永丰战役的记载。

发生在陕西蒲城的永丰之战，是配合淮海战役的一次重要战役。战况异常惨烈，"一夜之间换了 8 个连长"。

对那场艰苦卓绝的战斗，95 岁的张富清仍历历在目。

张富清所在的连是永丰战役突击连。张富清又是突击连的突击班成员。27 日夜，他和两名战友匍匐前进，扒着墙砖缝隙攀上城墙。张富清第一个跳下城墙，与围上来的敌人激战。

"我一转身，看见敌人将我围住了，就端起冲锋枪扫射，一下子打死七八个。"张富清说，交火的时候，他感觉到自己的头被猛砸了一下，消灭眼前的敌人后，手一摸，发现满脸都是血。原来，子弹擦着头顶飞过，把一块头皮掀了起来……

"打死七八个敌人后，我逼近碉堡，用刺刀在城墙底下刨了个洞，把我带的八颗手榴弹和一个炸药包码在一起，拉着了手榴弹，炸毁了碉堡……"

那一夜，张富清接连炸毁两座碉堡，缴获两挺机枪、数箱弹药。战斗中，他幸存下来，两个战友却从此杳无音讯……

因在战斗中表现英勇，张富清获得军甲等"战斗英雄"荣誉称号。

1948 年 3 月参军，8 月入党，在壶梯山、东马村、临皋、永丰城等战斗中都冲锋在前——这位陕西汉中小伙子历尽了九死一生。

（三）

陕西、新疆、北京、南昌、武汉……

几经辗转，1955 年初，已是连职军官的张富清面临退役转业的人生转折。听说湖北西部恩施条件艰苦，急缺干部，他二话不说："我可以去！"

听说来凤县在恩施最偏远、最困难，没有丝毫犹豫，他又一口答应："那我就去来凤。"

那是一个寒冷的冬天。从武汉动身，一路向西，再向西。恩施是湖北西部边陲，来凤更是边陲的边陲，怀着投身社会主义建设的憧憬，张富清来了。

"这里苦，这里累，这里条件差，共产党员不来，哪个来啊！"——带着一个共产党员的赤诚，张富清来了。

此后几十年，"人民功臣"张富清勤劳的身影，先后出现在粮食局、三胡区、卯洞公社、外贸局、建设银行……双脚却很少再迈出来凤。母亲去世，他也没能见上最后一面……

工作挑最苦最难的干，从不争名争利。张富清把余生献给了来凤，献给了这片曾经毫无关联的大山。

浴血奋战，战功卓著……自从到了来凤，过去的一切，都被张富清刻意尘封起来。

60多年，无论顺境逆境，张富清从不提自己的战斗功绩。证书和军功章被他藏在一个随身几十年的皮箱里，连儿女也不知情。

（四）

瞒得再紧，瞒不过最亲的人。

妻子孙玉兰最清楚丈夫身上有多少伤。右身腋下，战争中被燃烧弹灼烧，黑乎乎一大片；头顶的伤疤至今依稀可见……

孙玉兰和张富清是同乡。战争期间及之后的几年，村里人都以为张富清已经不在人世了。1954年，张富清回了趟家乡，大家才知道，他还活着。

共青团员、妇女主任孙玉兰，和长自己11岁的张富清一见钟情。不久后，被爱情召唤的孙玉兰，追随张富清到了来凤。

这一来，就是一辈子。

20世纪60年代，为给国家减轻负担，担任三胡区副区长的张富清率先动员妻子从供销社的铁饭碗"下岗"。他的理由很简单："国家困难，我首先要看看自己有没有占群众、公家的好处……要精简人员，首先从我自己脑壳开刀……"

同挚爱的人在一起，多苦都是甜。

夫妻俩生养了4个孩子。大女儿患病，至今未婚，常年在家靠母亲看护；小女儿是卫生院普通职员；两个儿子凭自己的本事上学、工作，从基层教师干起，一步步成长为县里的干部。

几个子女，没有一个在张富清曾经任职的单位上班。

如今，最小的儿子也快到退休年龄。形容自己眼中的父亲，张健全用了一个词："平凡"。

从转业到离休，数十年如一日，张富清像一块砖头，哪里需要就往哪里搬。乐观、朴实、真诚……在大家的印象中，他就是这样一个平凡的人，和普通老百姓没什么差别。

（五）

张富清是"战斗英雄"的消息，在来凤迅速传开了。

不少人感到震惊。"只知道他当过兵，没想到他是那么大的英雄。"

有人感到不解。"别人没他那么大的功劳，还整天问组织要这要那。他老婆没有工作，大女儿又残疾，也没见他提什么要求。"

有人感到惋惜。"那么大的战功，如果当初留在武汉，早就成了高级干部。"

更多的人深受教育和感动。

去年，张富清做眼部手术。术前，中国建设银行来凤支行行长李甘霖特意叮嘱，张老是离休干部，医药费全额报销，可以选好一些的晶体。但张富清听说同病房的农民病友用的是最便宜的，也选了最便宜的。

"我已经离休了，不能再为国家做什么，能节约一点是一点。"

衣服的袖口都烂了，还在穿；儿子给他买的新衣服，他叠得整整齐齐放在箱子里。

张富清的心里，几乎没有他自己。

"以前，只不过觉得他大我们一些，工作在我们前头；现在他从我面前过，我都要在心里默默向他致敬！"72 岁的来凤县关心下一代工作委员会副主任张昌恩说。

（六）

在张富清简陋的家中，珍藏着一个打满了补丁的搪瓷缸。

一面是熠熠生辉的天安门、展翅飞翔的和平鸽；一面写着：赠给英勇的中国人民解放军——保卫祖国、保卫和平。孙玉兰说，这是丈夫最心爱的物件。

从 1954 年起，这个搪瓷缸就是张富清生活的一部分。如今，补了又补，不能再用，张富清就把它认真保存了起来。

20 世纪 80 年代初，张富清一家搬到现在仍居住的建行宿舍。30 多年过去，楼上楼下、左邻右舍都已翻修一新，老两口的家还是老样子。

斑驳的墙壁，褪色的家具……虽然朴素，这个家整洁而充满生气。阳台上整齐地养着一排绿植，像是一队整装待发的战士。

面色红润，声音洪亮，精神矍铄——我们面前的张富清，仿佛不是一位 90 多岁的老人。近几年，他仍然坚持自己下楼买菜，有时还下厨给老伴炒几个菜。透过窗户，常常听到他爽朗的笑声……

1985 年离休后，张富清一直保持着读书看报的习惯。他特别爱看《半月谈》。

卧室的写字台上，一本 2016 年版的《习近平总书记系列重要讲话读本》，被他翻阅得封皮泛白。

第 110 页的一段文字旁，做着标记——

"要不断改造主观世界、加强党性修养、加强品格陶冶，老老实实做人，踏踏实实干事，清清白白为官，始终做到对党忠诚、个人干净、敢于担当。"

这不正是共产党员张富清一生的写照吗？

（七）

战争年代不怕牺牲、出生入死，张富清靠的是一个党员的信仰——

"我一直按我入党宣誓的去做……满脑子都是要消灭敌人，要完成任务……所以也就不怕死了。"

和平时期淡泊名利、扎根大山，张富清为的是不负入党的誓言——

"和我并肩作战的战士，有几多（好多）都不在了。比起他们来，我有什么资格拿出立功证件去摆自己啊？！我有什么功劳啊？！"

讲起这些，这位 95 岁的老人声音颤抖，泪水溢满了眼眶。

英雄事迹传出后，有媒体闻讯而来。张富清拒绝接受采访。记者越来越多，没有办法，张健全只好骗父亲："这是组织的要求！"张富清这才答应——身为一名共产党员，必须服从组织的安排。

张富清最欣慰的，是一家四代有 6 个党员。

考虑再三，让子女拿着立功证书去登记，出发点也是对党忠诚——

"党和国家开展退役军人信息采集工作，是一件大好事。如果我不如实向党报告，那就是对党不老实……"

（八）

时光回溯到 2018 年 3 月 17 日。

北京人民大会堂。十三届全国人大一次会议表决通过关于国务院机构改革方案的决定。

近一个月后，退役军人事务部正式挂牌。

组建退役军人事务部，是以习近平同志为核心的党中央着眼党和国家事业全局作出的重大战略决策。

"军人是最可爱的人""不能让英雄流血又流泪"……随着退役军人管理保障工作有序开展，许多英雄事迹，陆续被发掘出来。

九旬老兵张富清，不想给党、给国家、给军队添任何麻烦。不久前，在给曾经战斗部队的一封答谢信中，他情真意切地写道：

"希望你们坚决听党的话，坚决听从习主席指挥""心往一处想，劲往一处使，拧成一股绳……"

（九）

新疆军区某红军团，张富清当年战斗的英雄部队。年轻的官兵，正紧紧围绕听党指挥、能打胜仗、作风优良强军目标，学习老前辈张富清英雄事迹，立志做新时代革命军人。

3月2日，部队派员专程到来凤，探望老战士张富清。

是夜，平素内敛沉默的张健全抑制不住内心激动。眼含热泪，他写下深情的记录——

部队来人了

老兵心中掀起波澜

面对军装上的军徽

老兵用一条独腿坚强站立

缓缓举起右手

庄严地行上军礼

……

（新华社武汉2019年04月08日电）

《湖北日报》（2019年04月09日04版）

英雄的选择

——95 岁老党员张富清的初心本色

新华社记者　唐卫彬　黄明　吴晶　张汨汨　谭元斌

24 岁，在生与死之间，他选择冲锋在前，在战火洗礼中成长为董存瑞式的战斗英雄。

31 岁，在小家与国家之间，他选择服从大局，到偏远异乡投身社会主义建设。

半个多世纪，无论顺境逆境，他选择淡然处之，将英雄过往尘封在沧桑的记忆。

95 岁高龄，在新中国即将迎来 70 华诞之时，他又一次挺直脊梁，向祖国和人民致以崇高军礼。

他，就是湖北省恩施土家族苗族自治州来凤县有着 71 年党龄的老兵张富清。

在他心中，没有什么，比为国牺牲更光荣；没有谁，比逝去的战友更值得尊敬。党旗下的誓言，就是此生不渝的初心

95 岁的离休干部张富清，又一次当上了"突击队员"。这一次，是前所未有的任务——接受众多媒体记者的采访。

不久前，在国家开展的退役军人信息采集工作中，张富清深藏多年的赫赫战功引发关注。

2018 年 12 月 3 日，张富清的儿子张健全来到来凤县人力资源和社会保障局，询问退役军人信息采集的具体要求。

回到家中，张健全问："爸，国家成立退役军人事务部，需要如实上报个人信息，你什么时间参的军、有没有立过功、立的什么功，都要讲清楚。"

沉吟片刻，张富清说："你去里屋，把我的那个皮箱拿来。"

这只古铜色的皮箱，张富清带在身边已有 60 多年。锁头早就坏了，一直用尼龙绳绑着。依着父亲的要求，张健全小心翼翼地开箱，把存在里面的一个布包送到了县人社局。

打开一看，在场的人都震惊了：

一本立功证书，记录着张富清在解放战争时立下的战功：军一等功一次，师一等功、二等功各一次，团一等功一次，两次获"战斗英雄"称号。

一份由彭德怀、甘泗淇、张德生联名签署的《报功书》，讲述张富清"因在陕西永丰城战斗中勇敢杀敌"，荣获特等功。

一枚西北军政委员会颁发的奖章，镌刻着"人民功臣"四个大字……

"哪里知道他立过大功哦。"老伴儿孙玉兰只见到他满身的伤疤，"右身腋下，被燃烧弹灼烧，黑乎乎一大片；脑壳上面，陷下去一道缝，一口牙齿被枪弹震松……"

张富清一年四季几乎都戴着帽子，不是因为怕冷，而是因为头部创伤留下后遗症，变天就痛。

左手拇指关节下，一块骨头不同寻常地外凸。原因是负伤后包扎潦草、骨头变形，回不去了。

多次出生入死，张富清在最惨烈的永丰战役中幸运地活了下来。

"永丰战役带突击组，夜间上城，夺取敌人碉堡两个，缴机枪两挺，打退敌人数次反扑，坚持到天明。我军进城消灭了敌人。"

这是张富清的立功证书上对永丰战役的记载。1948 年 11 月，发生在陕西蒲城的这场拼杀，是配合淮海战役的一次重要战役。

"天亮之前，不拿下碉堡，大部队总攻就会受阻，解放全中国就会受到影响。"入夜时分，上级指挥员的动员，让张富清下定了决心。

张富清所在的连是突击连。他主动请缨，带领另外两名战士组成突击小组，背上炸药包和手榴弹，凌晨摸向敌军碉堡。

一路匍匐，张富清率先攀上城墙，又第一个向着碉堡附近的空地跳下。4 米多高的城墙，三四十公斤的负重，张富清脑海里闪过一个念头：跳下去成功就成功了，不成功就牺牲了，牺牲也是光荣的，是为党为人民牺牲的。

落地还没站稳，敌人围上来了，他端起冲锋枪一阵扫射，一下子打倒七八个。突然，他感觉自己的头被猛砸了一下，手一摸，满脸是血。

顾不上细想，他冲向碉堡，用刺刀在下面刨了个坑，把 8 颗手榴弹和一个炸药包码在一起，一个侧滚的同时，拉掉了手榴弹的拉环……

那一夜，张富清接连炸掉两座碉堡，他的一块头皮被子弹掀起。另外两名突击队员下落不明，突击连"一夜换了 8 个连长"……

真实的回忆太过惨烈，老人从不看关于战争的影视剧。偶尔提及，他只零碎说起："多数时候没得鞋穿，把帽子翻过来盛着干粮吃""打仗不分昼夜，睡觉都没有时间""泪水血水在身上结块，虱子大把地往下掉"……

很多人问：为什么要当突击队员？

张富清淡淡一笑："我入党时宣过誓，为党为人民我可以牺牲一切。"

轻描淡写的一句，却有惊心动魄的力量。

入伍后仅 4 个月，张富清因接连执行突击任务作战勇猛，获得全连各党小组一致推荐，光荣地加入了中国共产党。

"我一个小小的长工，是党和国家培养了我啊！"时隔多年，张富清的感念发自肺腑，眼角泪湿。

出生在陕西汉中一个贫农家庭，张富清很小就饱尝艰辛。父亲和大哥过早去世，母亲拉扯着兄弟姊妹4个孩子，家中仅有张富清的二哥是壮劳力。为了减轻家中负担，张富清十五六岁就当了长工。

谁料，国民党将二哥抓了壮丁，张富清用自己换回二哥，被关在乡联保处近两年，饱受欺凌。后被编入国民党部队，身体瘦弱的他被指派做饭、喂马、洗衣、打扫等杂役，稍有不慎就会遭到皮带抽打。

这样的生活苦不堪言，直到有一天，西北野战军把国民党部队"包了饺子"，张富清随着四散的人群遇到了人民解放军。

"我早已受够了国民党的黑暗统治，我在老家时就听地下工作者讲，共产党领导的是穷苦老百姓的军队。"张富清没有选择回家，而是主动要求加入了人民解放军。

信仰的种子，从此埋进了他的心中。

在团结友爱的集体中，一个曾经任人欺凌的青年第一次强烈感受到平等的对待和温暖的情谊。

历经一次次血与火的考验，张富清彻底脱胎换骨，为谁打仗、为什么打仗的信念在他的心中愈发清晰。

"从立功记录看，老英雄九死一生，为什么不想让人知道？"负责来凤县退役军人信息采集的聂海波对张富清的战功钦佩不已，更对老人多年来的"低调"十分不解。

"我一想起和我并肩作战的战士，有几多（多少）都不在了，比起他们来，我有什么资格拿出立功证件去摆自己啊，我有什么功劳啊，我有什么资格拿出来，在人民面前摆啊……"面对追问，这位饱经世事的老人哽咽了。

每一次，他提起战友就情难自已，任老伴儿帮他抹去涌出的泪水："他们一个一个倒下去了……常常想起他们，忘不了啊……"

亲如父兄，却阴阳永隔。在张富清心中，这种伤痛绵延了太久。那是战友对战友的思念，更是英雄对英雄的缅怀。

他把这份情寄托在那些军功章上。每到清明时节，张富清都要把箱子里面的布包取出，一个人打开、捧着，端详半天。家里人都不知道，他珍藏的宝贝是个啥。

"我没有向任何人说过，党给我那么多荣誉，这辈子已经很满足了。"如今，面对媒体的请求，老人才舍得把那些军功章拿出来。

多年来，他只是小心翼翼地，把1954年"全国人民慰问人民解放军代表团"颁发的一个搪瓷缸，摆在触手可及的地方。这只补了又补、不能再用的缸子上，一面是天安门、和平鸽，一面写着：赠给英勇的中国人民解放军——保卫祖国、保卫和平。

总会有人问：你为什么不怕死？

"有了坚定的信念，就不怕死……我情愿牺牲，为全国的劳苦人民、为建立新中国牺牲，光荣，死也值得。"

任凭岁月磨蚀，朴实纯粹的初心，滚烫依旧。

她哪里想到，离家千里去寻他，一走就是大半生。在来凤这片毫无亲缘的穷乡僻壤，印刻下一个好干部为民奉献的情怀

1954年冬，陕西汉中洋县马畅镇双庙村，19岁的妇女干部孙玉兰接到部队来信：张富清同志即将从军委在湖北武昌举办的防空部队文化速成中学毕业，分配工作，等她前去完婚。

同村的孙玉兰此前只在张富清回乡探亲时见过他一次。满腔热血的女共青团员，对这位大她11岁的解放军战士一见钟情。

少小离家，张富清多年在外征战。

1949 年 9 月，新中国成立前夕，张富清随王震率领的第一野战军第一兵团先头部队深入新疆腹地，一边继续剿灭土匪特务，一边修筑营房、屯垦开荒。

1953 年初，全军抽调优秀指战员抗美援朝，张富清又一次主动请缨，从新疆向北京开拔。

待到整装待发，朝鲜战场传来准备签订停战协议的消息。张富清又被部队送进防空部队文化速成中学。

相隔两地，他求知若渴，她盼他归来。张富清同孙玉兰简单的书信往来，让两颗同样追求进步的心靠得更近。

"我看中他思想纯洁，为人正派。"部队来信后，孙玉兰向身为农会主席的父亲袒露心声。

临近农历新年，孙玉兰掏出攒了多年的压岁钱，扯了新布做了袄，背上几个馍就上路了。

搭上货车，翻过秦岭，再坐火车。从未出过远门的她晕得呕了一路，呕出了血，见到心上人的时候，腿肿了，手肿了，脸也肿了。

彼时，一个崭新的国家百废待兴，各行各业需要大量建设人才。组织上对连职军官张富清说：湖北省恩施地区条件艰苦，急需干部支援。

拿出地图一看，那是湖北西部边陲，张富清有过一时犹豫。他心里惦记着部队，又想离家近些，可是，面对组织的召唤，他好像又回到军令如山的战场。

"国家把我培养出来，我这样想着自己的事情，对得起党和人民吗？""那么多战友牺牲了，要是他们活着，一定会好好建设我们的新中国。"

张富清做了选择："作为党锻炼培养的一名干部，我应该坚决听党的话，不能和党讲价钱，党叫我到哪里去，就到哪里去。哪里艰苦，我就应该到哪里去。"

孙玉兰原以为，两人在武汉逛一阵子，就要回陕西老家。谁知他说：组织上让我去恩施，你同我去吧。

这一去，便是一辈子。

从武昌乘汽车，上轮船，到了巴东，再坐货车……一路颠簸，到恩施报到后，张富清又一次响应号召，再连续坐车，到了更加偏远的来凤。

这是恩施最落后的山区。当一对风尘仆仆的新人打开宿舍房门，发现屋里竟连床板都没有。

所有家当就是两人手头的几件行李——军校时用过的一只皮箱、一床铺盖，半路上买的一个脸盆，还有那只人民代表团慰问的搪瓷缸。

孙玉兰有些发懵，张富清却说："这里苦，这里累，这里条件差，共产党员不来，哪个来啊！在战场上死都没有怕，我还能叫苦磨怕了？"

张富清不怕苦，可他受不得老百姓吃苦。来凤的很多干部都回忆说，无论在什么岗位，他总是往最贫困的地方跑得最多，为困难群众想得最多。

三胡区的粮食生产严重短缺。张富清到了三胡，每个月都在社员家蹲个 20 来天，"先把最贫困的人家生产搞起来，再把全队带起来"。

干部与群众同吃同住同劳动，士气很快上去了，三胡区当年就转亏为盈，顺利完成了为国家供粮、为百姓存粮的任务。

到卯洞公社任职，张富清又一头扎进不通电不通水不通路的高洞。这是公社最偏远的管理区，几十里地，山连着山，把村民与外界完全隔绝。

张富清暗想："这是必须攻克的堡垒，要一边领导社员生产，一边发动群众修路，从根本上解决村民吃饭和运输公粮的问题。"

为了修进入高洞的路，张富清四处奔走、申请报批、借钱筹款、规划勘测……

约 5 公里长的路，有至少 3 公里在悬崖上，只能炸开打通。张富清不仅要筹措资金、协调物资，还要组织人手，发动群众。

有的社员"思路不大通"，认为修路耽误了生产。张富清就住到社员家的柴房，铺点干草席地而睡，帮着社员干农活、做家务。

农闲时节，早上 5 点，张富清就爬起来，一边忙活一边交心。吃过早饭，他就举个喇叭喊开了："8 点以前集合完毕，修路出力也记工分。"

上午 11 点和下午 5 点半，一天两次，开山放炮，大家都要避险，回家吃饭。一来一回，要费不少时间。有时赶不及，张富清就往嘴里塞几个粑粑，灌几口山泉水。

"他跑上跑下，50 多岁的人了，身体并不好，工作却特别认真。"曾和张富清在卯洞公社共事的百福司镇原党委书记董香彩回忆。

一年到头，不到腊月二十八，孙玉兰很少能见到丈夫的身影。有的时候，惦记他没得吃、没得衣服，她就让孩子们放了学给他送去。

一次，大儿子张建国背了两件衣服、一罐辣椒上山了。十来岁的孩子走到天黑还没赶到，只得投宿在社员家中。第二天，等到天黑，父子俩才打个照面。

老张是真忙啊！社员们看在眼里，记在心里："这个从上面派来的干部，是真心为我们想啊！"

从抵制到触动，从被动到主动，群众在张富清带领下肩挑背扛，终于用两年左右时间，修通了第一条能走马车、拖拉机的土路。

后来，张富清要调走的消息传开了。临走的那天，孙玉兰一早醒来，发现屋子外面站了好多人。原来，社员们赶了好远的路，自发来送他了。

"他们守在门口，往我们手里塞米粑粑，帮我们把行李搬上车，一直到车子开了，都没有散。"回想当年的情景，孙玉兰笑得很自豪。

将心比心，张富清把老百姓对党和国家的期望，都化作默默洒下的汗水。

以心换心，群众把对他的信赖与认可都包进了一只只粑粑，修进了一条条路。

如今，原卯洞公社所辖的二三十个村，已全部脱贫出列。当年张富清主持修建的道路，已拓宽硬化，变成康庄大道；高洞几乎家家户户通了水泥路。

粮食局、三胡区、卯洞公社、外贸局、建设银行……从转业到离休，数十年如一日，张富清就像一块砖，哪里需要就往哪里搬。在来凤这片毫无关联的穷乡僻壤，留下了一个人民公仆任劳任怨的足迹。

曾任卯洞公社党委副书记的田洪立记得，张富清家的餐桌上常常只有青菜、萝卜、油茶汤，比大多数社员的伙食都差。

可是，这个拥有"人民功臣"称号的转业军人却毫不在意。

他心里只装着一个念头："党教育培养我这么多年，我能为人民做点有益的事情，党群关系密切了，再苦也知足了。"

张富清完全有条件为自己的家庭谋取便利，可是他没有。始终恪守"党和人民的要求"，标注他共产党人的精神境界

循着喧闹的城中街道，来到一座5层小楼，顺着台阶上2楼，就是张富清老两口的家。

走进客厅，一张磨损破皮的沙发、一个缺了角的茶几和几个不成套的柜子拼凑在一起。进了厨房，几只小碗盛着咸菜、米粥和馒头，十分素淡。

这套潮湿老旧的房子是 20 世纪 80 年代张富清在建设银行工作时单位分配的。有人说这里条件不好，他只是淡淡一笑："吃的住的已经很好了，没得什么要求了。"

比起过去，老两口总是特别知足。

在卯洞公社时，他们住在一座年久失修的庙里，一大一小两间，20 多平方米，三张床挤了两个大人、4 个小孩。一家人除了几个木头做的盒子和几床棉被外，什么家当也没有。

"他家的窗户很小、又高，屋里不通风，光线暗淡。他那时候分管机关，完全有条件给自己安排好一点。"董香彩回忆，"张富清的大女儿患有脑膜炎，因当年未能及时救治留下后遗症，这么多年来看病花钱，他从来不找组织特殊照顾。"

"不能给组织添麻烦。"这是张富清给全家立下的规矩。

20 世纪 60 年代，国家正是困难时期，全面精简人员。担任三胡区副区长的张富清动员妻子从供销社"下岗"。

孙玉兰不服气："我又没差款，又没违规，凭什么要我下来？""你不下来我怎么搞工作？"一向温和的张富清脸一板，"这是国家政策，首先要从我自己脑壳开刀，你先下来，我才可以动员别个。"

孙玉兰下岗后，只能去缝纫社帮工，一件小衣服赚个几分钱。手艺熟练了，就开始做便衣，一件衣服几角钱，上面要盘好几个布扣。

回家做完功课，孩子们都要帮妈妈盘布扣。到了后来，两个儿子穿针引线的功夫都毫不含糊。

有人替孙玉兰不平：他让你下来，你就下来，不和他吵？

"这个事情不是吵架的事情，他给你讲，这是政策问题，他把道理说明白，就不吵。"

那些年，张富清每月的工资，很难维持一家人的生计。除了患病的大女儿，其他 3 个孩子下了学就去拣煤块、拾柴火、背石头、打辣椒。

"衣服总是补了又补，脚上的解放鞋被脚趾顶破，就用草裹住捆在脚面上。"小儿子张健全记忆犹新。

相濡以沫，她理解他。可是，孩子有过"想不通"。

大儿子张建国高中毕业，听说恩施城里有招工指标，很想去。张富清管着这项工作，不但对儿子封锁信息，还要求他响应国家号召，下放到卯洞公社的万亩林场。

荒山野岭，连间房子都没有，两年的时光，张建国咬牙挺着，不和父亲叫苦。

小儿子张健全记得，小时候，父亲长年下乡，母亲身体不好、常常晕倒，几个孩子不知所措，只能守在床边哭……

张富清 4 个子女，患病的大女儿至今未婚，与老两口相依为命；小女儿是卫生院普通职工；两个儿子从基层教师干起，一步步成长为县里的干部。

子女们没有一个在父亲曾经的单位上班，也没有一个依靠父亲的关系找过工作。孙子辈现在大多在做临时工，一个孙媳妇刚刚入职距县城几十公里的农村学校。

"父亲有言在先，他只供我们读书，其他都只能靠自己的本事，他没有力量给我们找工作，更不会给我们想办法。"张健全说。

有人劝张富清"灵活点儿"，他正色道："我是国家干部，我要把我的位置站正。如果我给我的家属行方便，这不就是以权谋私吗？这是对党不廉洁，对人民不廉洁，我坚决不能做！"

一辈子，"党和人民的要求"就是他的准则，"符合的就做，不符合的就坚决不做"。

分管机关，他没有给家庭改善过住宿条件；分管财贸，他没有为孩子多搞一点营养伙食；分管街道，他没有把一个矛盾问题随意上交……

有一次，分管粮油的张富清把"上面"得罪了。

某机关的同志来买米，提出要精米不要粗米。想到群众吃的都是粗米，又见对方盛气凌人，张富清看不惯，没几句就和对方红了脸。

来人跑去告状，一个副县长来了，批评张富清"太固执"。张富清很较真儿，回答说："干部和群众应该一视同仁，如果我给谁搞了特殊，就违反了党的政策。"

战场上雷厉风行，工作中铁面无私。张富清把一腔热情投入建设来凤的工作中，却把一个永远的遗憾藏在自己心底。

1960年初夏，不到20天时间，张富清的老家接连发来两次电报：第一次，是母亲病危，要他回家；第二次，是母亲过世，要他回去处理后事。

工作繁忙、路途遥远，考虑再三，他没有回去。

"为什么没有回去呢？那时国家处于非常时期，人民生活困难，工作忙得实在脱不开身，只能向着家乡的方向，泪流满面，跪拜母亲……"时隔多年，张富清在病中，专门在日记里写下当年的心境，"自古忠孝难两全，作为一个共产党员，我怎能因为家事离开不能脱身的工作？"

这就是张富清的选择：战争岁月，他为国家出生入死；和平年代，他又为国家割舍亲情。

2012年，张富清左腿突发感染，高位截肢。手术醒来后，他神色未改，只自嘲一句："战争年代腿都没掉，没想到和平时期掉了。"

张富清担心"子女来照顾自己，就不能安心为党和人民工作"。术后一周，他就开始扶床下地。医护人员不忍：牵动伤口的剧痛，他这么大岁数怎么承受？

令人惊叹！术后不到一年，88岁的张富清装上假肢，重新站了起来。

没有人见过他难过。只有老伴儿孙玉兰知道，多少次他在练习中跌倒，默默流泪，然后又撑起身体，悄悄擦去残肢蹭在墙边的血迹……

张富清的一生，从没有一刻躺在功劳簿上。面对这样一位不忘初心、不改本色的英雄，我们除了致敬，更应懂得他的选择

2019 年 3 月的一天，张富清家中来了两位特殊的客人。他所在老部队、新疆军区某团从媒体上了解到张富清的事迹后，特意指派两名官兵前来探望。

"门口的绿军装一闪，他就激动得挣扎起来，双手拼命撑着扶手，浑身都在使劲，最后，硬生生用一条腿站了起来！"回忆那天的情形，张健全的眼眶湿润了。

年轻的战士朗读起全团官兵为老英雄写的慰问信。他念一句，老伴儿就凑着张富清的耳朵"翻译"一句。当战士念到"359 旅""王震将军"这两个词时，张富清无需"翻译"竟听清了，先是兴奋地拍手，后又激动地落泪。

为了迎接战友，张富清特意将军功纪念章别在胸前。

望着父亲精神抖擞的样子，张健全偷偷抹去眼角的泪水。他知道，这一生，如果说父亲有什么个人心愿，那就是再穿一次军装，回到他热爱的集体中去。

多少年了，这是第一次，他高调地亮出赫赫战功。也是第一次，他能够面对战友，说说自己的心里话：

"我们的新中国就要庆祝成立 70 年了，盼着我们的祖国早日统一，更加繁荣昌盛，希望部队官兵坚决听党的话，在习近平主席的强军思想引领下，苦练杀敌本领，保卫和建设好我们的国家。"

临别，张富清又一次坚强站起，挺直脊背，向老部队战友行了一个庄严的军礼。

"我看到老前辈眼里亮晶晶的。"新疆军区某团政治处组织股股长陈辑舟回忆说，老人的眼中，有久别重逢的喜悦，更有郑重交付的嘱托。

回到部队，他们把老英雄的故事讲给战友们听，全团官兵热血沸腾。

"作为一名战士，我要像老前辈那样，苦练杀敌本领，争当优秀士兵。"战士李泽信说。

"作为新时代的官兵，我们要发扬老前辈'一不怕苦，二不怕死'的精神，哪里需要哪里去，哪里艰苦哪'安家'。"干部胡妥说。

"英雄事迹彪青史，传承尚需后来人。"团政治委员王英涛说，"历史的接力棒交到我们手中，一定要传承好老前辈的优良传统，把胜战的使命扛在肩头，猛打敢担当，猛冲不畏惧，猛追夺胜利，高标准完成党和人民交给我们的任务。"

张富清的事迹传开后，老人一次次拒绝媒体采访，更不许儿女对外宣扬。后来，有人说，"您把您的故事说出来，对社会起到的教育作用，比当年炸碉堡的作用还大"，老人的态度"突然有了180度的转弯"。

"有几次采访正赶上父亲截肢后的断腿疼痛发作，他没有表露一点，连休息一下都不提，其实早已疼得一身透汗。"张健全说。

从深藏功名到高调配合，张富清的选择始终遵从初心。

他的心很大，满满写着党和国家；他的心又很小，几乎装不下自己。

他去做白内障手术，医生建议："老爷子，既然能全额报销，那就用7000元的晶体，效果好一些。"可张富清听说同病房的群众用的晶体只有3000元，坚持换成了一样的。

他把自己的降压药锁在抽屉里，强调"专药专用"，不许同样患有高血压的家人碰这些"福利"。

他的衣服袖口烂了，还在穿，实在穿不得了，他做成拖把；残肢萎缩，用旧了的假肢不匹配，他塞上皮子垫了又垫，生生把早已愈合的伤口磨出了血……

赫赫功名被媒体报道后，考虑到张富清生活不便，单位上想把他的房子改善一下，他说不用；想安排人帮忙照料，他依旧执拗，只有一句："不能给组织添麻烦"……

"我已经离休了，不能再为国家贡献什么，能够节约一点是一点。"很多不通常情的做法，在张富清看来，都有着理所应当的理由。

"他完全可以提要求，向组织讲条件。他完全可以躺在功劳簿上，安逸闲适地度过余生。"来凤县委巡察办主任邱克权听说张富清的事迹后，利用工作之余查阅大量资料，自愿承担起挖掘梳理张富清事迹的工作。

从好奇到感佩，邱克权感到，越是走进老英雄平淡的生活，越能感受到一名共产党员强烈的炽热。"什么是不改初心，什么是淡泊名利，他就像一面镜子，映照平凡中的伟大。"

张富清床边的写字台上，一本 2016 年版的《习近平总书记系列重要讲话读本》格外引人注意。因为时常翻阅，封皮四周已经泛白。

第 110 页的一段文字旁，做着标记——

"要不断改造主观世界、加强党性修养、加强品格陶冶，老老实实做人，踏踏实实干事，清清白白为官，始终做到对党忠诚、个人干净、敢于担当。"

什么是坚定信仰？什么是初心本色？张富清用一生给出了答案。

新中国走过 70 年风风雨雨，张富清的岗位、身份一再改变，始终不变的，是他对党和国家的无限忠诚，对人民群众的赤子之心。

采访中，张富清多次强调："在战场上也好，在和平建设时期也好，我就是完成了党交给我的任务，这都是我应该尽的职责，说不着有什么功。"

"泪流满面，这是何等境界""赤子之心，感人肺腑""这才是真正的党员"……老英雄的事迹，朴实无华，却直抵人心。媒体争相报道后，引起社会广泛反响。

网民"周杰伦奶茶店"说："60多年了，不是因为一次偶然，这位老英雄依旧会把曾经的荣誉埋藏在心里。他只把自己当成一个幸运儿，那个活下来替所有牺牲的战友领取那份荣誉的人。事了拂衣去，深藏功与名。穿上军装卫国，脱下军装建设国家。所谓英雄者，大概如是吧。"

莫道无名，人心是名。

不断有相关机构向老人提出收藏他军功证书的请求。

"我现在还舍不得、离不开，但是我想将来，还是会捐赠给国家，因为这些本来就属于国家。"老人袒露自己的"私心"。

精神富足、生活清淡、追求纯粹——

他的名字"富清"，正是他一生的写照。

（新华社武汉 2019 年 05 月 24 日电）

《湖北日报》（2019 年 05 月 26 日 03 版）

两封电报

——张富清的英雄人生之一

新华社记者　谭元斌　张汩汩

【编者的话】

在战场上，他不畏牺牲，奋勇杀敌，立下赫赫战功；离开战场，他深藏功名，扎根山区，服务一方百姓。初心不改，英雄本色。他不仅是打仗的英雄，更是人生的英雄。

今日起，新华社连续 5 日播发湖北省恩施土家族苗族自治州来凤县 95 岁"战斗英雄"张富清的故事，讲述他离开战场后，当好"人生英雄"的感人事迹。通过这些故事，我们得以从老英雄的工作、生活等不同侧面感知其初心、情怀、境界，更加理解他身上折射出的奉献精神和信仰力量。

1959 年 3 月至 1965 年 10 月，张富清任来凤县三胡区副区长，分管财贸工作。

三胡区是来凤县最穷的地方，当时有着"穷三胡富卯洞"的说法。卯洞公社因为有码头，有船厂、林场等社办企业，相对富裕，县里修电站都要找卯洞借钱。与之相反，三胡区贫穷落后，粮食生产严重短缺。分管财贸的张富清，工作任务格外繁重。

1960 年初夏，不到 20 天的时间里，陕西汉中老家连续给张富清发了两封电报，一次是因为母亲病危，一次是因为母亲过世。

张富清的父亲 1932 年病故，当时他才 8 岁。艰难困苦，母亲两个字在他心里分量太重了，能不回去见她最后一面吗？能不回去处理她的后事吗？

那段时间，他正在主持三胡区一项重要的培训。考虑再三，张富清最终没有回去。自此，阴阳永隔，再也见不到母亲，听不到她的叮嘱。

母亲去世后 20 多年，他离休后，才得以再次踏上故土，祭拜母亲。

"由于困难时期工作任务繁重脱不开身，路太远，钱也不足，我想我不能给组织找麻烦，干好工作就是对亲人们的最好报答。自古忠孝难两全。"多年之后，张富清在笔记本上写下这样一段文字，解释了当初的选择。

"我不能考虑家事和私事，任何时间我都要考虑党和人民的利益，我要做的事符不符合党和人民的要求，符合的我就做，不符合的我就坚决不做。"他说。

但无疑，这样的选择并不容易。在 2016 年 5 月 13 日的笔记中，他这样写道："每个人都会老去，缺席了陪伴父母衰老的时光，等到想要弥补的时候，也许剩下的只是永久的遗憾。养老是每名子女不可推卸的责任和义务。多抽点时间陪陪父母，和他们一起慢慢地变老，把辛劳和孤独从他们身边赶跑，把幸福的笑容长久地定格在他们的脸上，让他们享受欢乐安详的晚年。"

他是一个英雄，也是一个凡人。那个特殊的年代，在尽孝和工作之间，他选择了后者。但是，母亲，是他心里永远的痛啊！

（新华社武汉 2019 年 05 月 25 日电）

《湖北日报》（2019 年 05 月 26 日 03 版）

爱情的原色

——张富清的英雄人生之二

新华社记者　张泪泪　谭元斌

64 年前，张富清回乡探亲，和孙玉兰第一次见面。

他俩同村，算知根知底。她问他的问题是："你在当兵，有没有加入组织？""我入了党。"他回答。

她挺满意：这个人，一点不炫耀，问到才说。

其实她是妇女干部，还去他家慰问过军属呢，那些出生入死的事他却提也不提。

通了半年信，他写道："你来武汉吧。""好啊，那我就去玩几天。"她想。

空着两手就上了长途车，临走前，她去乡里开介绍信，书记说："傻女儿，你去了哪得回来！一年能回一次就不错了！""这话叫他讲到了！真的，多少年都回不去了！"讲这话时，她呵呵笑着，已是一头白发了。

果然，到了武汉，他们领了结婚证，接着就奔恩施。

路真远啊！走了好多天，先坐船，再坐车，又步行。她在车上吐得昏天黑地，脚和脸都肿了。好容易到了，他又问：恩施哪里最艰苦？

就又到了来凤。

她没带行李，他行李也不多：一只皮箱，一卷铺盖，一个搪瓷缸子。

来凤的条件跟富庶的汉中没法比。"我们那都是平坝坝，哪有这么多山？"

租来的屋，借来的铺板，就成了一个家。做饭要到门外头，养了头小猪，白天放出去，夜里拴门口。"它原快死了的，我买回来养，又肯吃又肯长。"她很得意。

工作也不错，他是副区长，她在供销社当营业员。日子这么过着，挺好了。

可是有一天，他回来说："你别去上班了，下来吧。"

她不理解："我又没有差款，又没有违规，你啷个（为什么）让我下来？""你下来我好搞事。"他说。

换别的小夫妻，要大吵一架了吧？"这不是吵架的事情。"她说，"是他先头没说清楚：国家有政策，要精简人员。他说了，只有我先下来，他才好去劝别人下来。"

她就这么回了家。先是给招待所洗被子，后来去缝纫社做衣服，领了布料回来，白天黑夜地做，做一件挣几分钱。

几个孩子帮着打扣襻，还要出去拾煤渣，挖野菜，到河边背石头。一家六口只仗他一人的工资过活。孩子们长到十几岁，都不知道啥叫过节。

他去驻村，又选的最偏远的生产队。她一人拉扯 4 个孩子，经常累得晕倒。

住院，几个孩子围着她哭，她搂着轻声安慰。身体好点了，又马上缝补了干净衣服，买了辣椒酱，用药瓶分装好了，让孩子带到山里给他吃。"哪个干部家里过成你这样？"有人替她不值。"你怨他干啥，他是去工作，又不在跟前。"她叹口气。

那时，他的心里，一定也沉沉的吧？！

离休回家，他从"甩手掌柜"立刻成了家里的主要劳动力，买菜洗衣收拾家，到处擦得锃光瓦亮，叠得整整齐齐，角角落落都一尘不染。

连做饭也是他。"你炒的不如我炒的好吃。"他总这样说，把她手里的锅铲抢过来。

离休生活 30 多年，都是这样。

上个月，她突发心梗，他拖着一条腿扑到她担架前，带着哭腔："你怎么样了？他们说给你送到医院，你挺不挺得住？还是到医院去吧，你不用为我担心呵……"

旁边几个年轻人都看哭了。

这次参与采访的记者里有好多小姑娘，她们七嘴八舌地围着问：孙奶奶，跟着张爷爷，背井离乡，吃苦受累，后悔吗？"有么子（什么）后悔呢？党叫他往哪里走，他就往哪里走。反正跟随他了，他往哪里走，我就往哪里走。"孙玉兰说。"您当年看上爷爷哪点？是不是一见钟情，特崇拜他？"

她一下子笑了。

（新华社武汉 2019 年 05 月 26 日电）

《湖北日报》（2019 年 05 月 27 日 04 版）

搪瓷缸

——张富清的英雄人生之三

新华社记者　谭元斌　张汨汨

张富清淡泊名利，也珍惜荣誉。几十年里，一只国家慰问的搪瓷缸，被他随身携带，视若珍宝。

这只搪瓷缸来头可不小。

1953年，全军抽调优秀指战员抗美援朝，已是连职军官的张富清主动请缨入朝作战。他和几十名战友从新疆出发马不停蹄赶往北京。在北京整装待发之际，《朝鲜停战协定》签署。他们随即被送往文化速成学校学习文化知识。

几个月后，董必武任总团长的"全国人民慰问人民解放军代表团"赴各地部队开展慰问活动。当时，张富清正在江西南昌防空部队文化速成学校学习。慰问团来到这里，作为上级抽调的优秀军官，他和战友们一人获得一块纪念章，一个搪瓷缸。

1955年，张富清退役转业。他带着爱人孙玉兰一路向西，来到湖北省最偏远的来凤县。路途遥远，交通不便，在他们简单的行李中，就有这只搪瓷缸。

从来凤县城到三胡区、卯洞公社再到来凤县城，张富清工作的地点一变再变，但是随身携带的物件里，始终有这只搪瓷缸。

他是如此爱惜这只搪瓷缸。每到一个地方，他都把搪瓷缸摆在触手可及之处。孙玉兰至今记得，有一次搪瓷缸被谁不小心碰着摔到了地上，脾气温和的张富清当场就提醒："你注意点呢！"

时间久了，搪瓷缸被磨破，张富清拿牙膏皮补好后继续用。补了又补，实在没法再用，他就拿来装牙膏。如今，搪瓷缸被他小心收藏了起来。

"他说只有不要命的人才能得到这个缸子……"相濡以沫数十年，孙玉兰十分理解丈夫的心情。

是的！对于张富清来说，这只搪瓷缸，不仅仅是喝水的杯子，而是装着部队的回忆，装着军人的荣誉。

不论是端着喝水，还是闲暇之余看上一眼，这只搪瓷缸都让张富清感受到，战友们仿佛还在身边。

这只打满补丁的搪瓷缸，一面印着天安门、和平鸽的图案，一面印着"献给英勇的中国人民解放军""保卫祖国保卫和平""全国人民慰问人民解放军代表团赠"等几行字。多次修补，一些字已缺失，但每个字张富清都记得清清楚楚。斑驳的颜色，见证了英雄离开战场，归于平凡的岁月。

"这是全国人民慰问的缸子，是全国人民对我的爱戴，我要一直留着……"张富清说。

这只搪瓷缸，也是张富清一生艰苦朴素的最好体现。

（新华社武汉 2019 年 05 月 27 日电）

《湖北日报》（2019 年 05 月 28 日 02 版）

88岁，突击队员再冲锋

——张富清的英雄人生之四

新华社记者 张汨汨 谭元斌

"怎么跟他交代呢？"

自父亲被从手术室推出来，张健全就在担心。

88岁，高位截肢，尤其对于那样一位利索、昂扬、满是向上劲头的老人。

麻药过去，张富清醒来："腿被锯掉了吗？"

儿女们嗫嚅着不知怎么回答，张富清却自嘲地先开口了："战争年代腿没掉，和平时期腿却掉了。"

"自始至终，真是没见他掉过一滴眼泪。"张健全说。

术后仅仅一周，张富清就开始尝试着下床。瘦小的身体绷成弓形，一次次地努力，满头满身都是汗。

"当时，医院里有一群日本留学生，看到一位年纪这么大的老人，竟然这么快又站了起来，非常感慨。"张健全记得，那天，这群日本留学生还特意跟父亲合了影。

出院回家后，儿女们推来了轮椅，张富清却坚持要自己练习走路，并立即开始旷日持久的锻炼：先是沿着床边走，后来渐渐能走到家里客厅，就在客厅过道来回练习。

一步，一步……张富清紧紧抓着助行器，慢慢地、慢慢地向前挪动。他特意紧贴着墙边走——这样即使摔倒，也是蹭着墙倒下，

"脑壳不落地"。

摔倒了，他一声不吭，自己默默挣扎着起身，努力好久才站起来。摔得次数多了，胳膊蹭出了血，客厅那面墙上，至今还有隐隐血迹。

渐渐地，他能一个人走到阳台，再后来，能在楼下院子里转圈，一年之后，他已经可以独自上楼下楼、上街买菜。在家里戴假肢不方便，他就在助行器上绑了一条木板，把残肢架在上面，打扫卫生、切菜炒菜……

张健全曾悄悄把自己的左腿绑住，用一条腿模仿父亲日常生活最基本的活动：独自上厕所。

"太困难了！一趟下来满身都是汗，一不留神就摔倒了。"张健全连连摇头，"我这才真正明白为什么父亲下一趟楼、收拾下厨房，整个后背就都湿透了。"

一直以来，儿女们都以为老人这样坚持，只是性格好强，直到最近，在接受媒体采访时，张富清才说出真实的原因：

"我每天坐在轮椅上，就要给国家找麻烦，给家人添负担。我不能影响下一代的工作，拖累他们照顾我。我要发扬突击队员的精神，我能做的事，我愿意做。"

从战争年代起，张富清所在连就是突击连，他自己就是突击组长。在张富清的意识里，"突击队员精神"，就是用顽强意志战胜一切困难的精神。

自己是一名党员，因此，无论什么时候，奉献都要大于索取。

自己是一名突击队员，因此，无论什么困难，都能够战胜克服。

88 岁，这位突击队员再次冲锋，并且再次取得了胜利。

（新华社武汉 2019 年 05 月 28 日电）

《湖北日报》（2019 年 05 月 29 日 02 版）

锁药记

——张富清的英雄人生之五

新华社记者　谭元斌

在张富清的卧室里，窗户边摆着一张旧条桌。条桌最右边的抽屉里，放着张富清平时吃的药。

95岁高龄的张富清，红光满面，精神矍铄，说话思路清晰，声音洪亮。但事实上，老人长期有高血压，受颈椎病困扰也很多年了，去年还被查出患有冠心病。此外，他还有一个痼疾——打仗时头部受伤留下后遗症，一变天就疼得厉害。

作为离休干部，张富清享受公费医疗政策。他把降压、止疼、抗血栓的药全部锁进抽屉里，并给家里定了一条规矩：任何人不能吃自己的药。

有一次，同样患有高血压的大儿子张建国来看他，忘了带降压药，到了吃药的时间，找他要几粒降压药救急，却遭到拒绝："你不能吃。我的药是国家买的，你们的药都是自费的。病情不一样，我的药也不一定适合你……"

当着记者的面说起这件事情，老人的理由很充分："我是离休人员，我的药费是公家报销的，只能我个人用，家里人不能享受。"

不仅不占国家的便宜，张富清还处处想着为国家节约。去年10月，老人要到恩施州城做白内障手术，需要植入人工晶体。他是从中国建设银行来凤支行副行长岗位上离休的，去恩施前，现任行长李甘霖到家里看望老领导，专门给他做工作：选择好一点的晶体，这样有利于恢复。

住院后，医生询问用什么样的晶体，家人考虑到老人年事已高，嘱咐医生用好一点的、适合老人的晶体。备选晶体从几千元到数万元都有，综合考虑各方面因素，医生最后决定给老人使用中等价位的晶体。

谁也没想到，手术前，老人听说同病房的两位农民病友都是用的 3000 元的晶体，他背着家人给医生提要求，自己也用 3000 元的晶体。手术结束后，家人才知道，老人自己做主用了最便宜的。

老人回家后，李甘霖再次前去探望。得知这一情况，他忍不住问："您是离休干部，现在年纪也大了，为什么不选择好一点的晶体？"

"我现在已经离休了，再也不能为国家做什么事情了，我用最便宜的，能给国家节约一点是一点。"张富清回答。

他的心里，总是首先想着国家，想着组织，而把自己摆在次要位置——这就是老英雄张富清的精神境界。

（新华社武汉 2019 年 05 月 29 日电）

《湖北日报》（2019 年 05 月 30 日 03 版）

你是一座山

——记深藏功名的共产党员、战斗英雄张富清

湖北日报全媒记者

张欧亚　江卉　李思辉　周寿江　胡成　刘俊华

越过山丘，我们看到了另一座山。

那是一座精神的丰碑。

60 多年深藏功名，一辈子坚守初心、不改本色。在部队，他保家卫国；到地方，他为民造福。

最初听到建设银行来凤县支行离休干部张富清的故事，我们有些诧异，有些感叹，甚至有些疑虑：一位功勋卓著的战斗英雄，竟连家人都不知道他的事迹，直到退役军人事务部成立后采集退役军人信息，才揭开尘封半个多世纪的英雄传奇。

走近这位 95 岁的老人，走进他为之奉献的武陵大山，走近他经历过生与死的战场，在深藏功名背后，那些平凡又不平凡的故事，令我们深深震撼和感动……

（一）

2018 年 12 月 3 日下午，地处鄂西边陲的来凤县。

酉水从县城的一角静静流过，奔向八百里洞庭。

新成立的县退役军人事务局门外，传来一阵急促的脚步声。

县委政法委干部张健全，带着父亲张富清的退伍证来到这里。

"为了全面采集退役军人信息，除了退伍证以外，还需要户口簿、身份证、立功证书等，请尽量将与服役有关的材料提供完整。"信息采集员聂海波接待了他。

听了介绍，张健全赶回家中，向父亲说明具体要求。

张富清从卧室一只旧皮箱里，翻出一个红布包裹："都在里面了。"

张健全接过包裹，匆匆折回。

红布包裹层层打开，一枚"人民功臣"勋章跃入眼帘。

聂海波一下子被这枚勋章深深吸引。"只有战功卓著的英雄，才能得到这种荣誉！"他心头一震。

认真清点后发现，勋章的主人张富清，曾荣获西北野战军特等功一次、军一等功一次、师一等功一次、师二等功一次、团一等功一次，并被授予军"战斗英雄"，还有时任西北野战军司令员兼政委彭德怀签发的《报功书》。

56 岁的张健全也愣住了。记忆中，没听父亲讲过立功受奖的事。

2018 年冬天的一个瞬间，揭开尘封半个多世纪的往事。

这一天，是来凤县退役军人事务局正式挂牌的第 9 天。

（二）

2019 年 2 月 14 日，湖北日报全媒记者走进来凤县城张富清老人家中。

这是一位 95 岁老人一生中，第一次面对记者回首那战火纷飞的岁月。

建于 20 世纪 80 年代的房屋，室内简陋但整洁。

客厅通向阳台的门关不严实，透着冷风。

张富清和老伴静静坐在一方台桌前，烤着火。

张健全为我们找来父亲珍藏已久的红布包裹。

张富清所在部队，是著名的西北野战军 359 旅。一张泛黄的《立功登记表》上记录着他的 4 次立功经过：

1948 年 6 月，作为 14 团 6 连战士，在壶梯山战役中任突击组长，攻下敌人碉堡一座、打死敌人两个、缴机枪一挺，并巩固了阵地，使后续部队顺利前进，立师一等功；

1948 年 7 月，在东马村带突击组 6 人，扫清消灭外围守敌，占领敌人一座碉堡，给后续部队打开缺口，负伤不下火线继续战斗，立团一等功；

1948 年 9 月，作为 14 团 6 连班长，在临皋执行搜索任务时发现敌人，即刻占领外围制高点，压制了敌人封锁火力，迅速消灭敌人，立师二等功；

1948 年 10 月，在永丰战役中带突击组，夜间上城，夺取了敌人碉堡两座、缴机枪两挺，打退敌人数次反扑，坚持到天明，获军一等功。

1948 年 12 月彭德怀签发的《报功书》中写道："张富清同志为民族与人民解放事业，光荣参加我西北野战军第二纵队三五九旅七一八团二营六连任副排长，因在陕西永丰城战斗中勇敢杀敌，荣获特等功。"

老人沉思着，仿佛回到那烽火连天的岁月——

"我是 1948 年 3 月参加解放军的，当时白天黑夜战火正猛，几乎天天在行军打仗。记忆最深的是永丰城一役。那天拂晓，我和两名战友组成突击组，抠着砖缝率先攀上永丰城墙。我第一个跳进城内，冲入敌群展开近身混战，战友们打散了。我端着冲锋枪朝敌群猛扫，突然感到头顶仿佛被人重重捶了一下，缓过神来继续战斗。后来又感觉血流到脸上，用手一摸头顶，一块头皮都翻了起来，我才意识到一颗子弹刚擦着头皮飞过，在头顶留下了一道浅沟。"

"击退外围敌人后，我冲到一座碉堡下，用刺刀刨出一个土坑，将捆在一起的 8 颗手榴弹和一个炸药包码在一起，拉下手榴弹的拉环。手榴弹和炸药包一起炸响，将碉堡炸毁。这场战斗一直打到天明，我炸毁了两座碉堡、缴获两挺机枪。战斗结束，我死里逃生，而突击组的另两名战友再也见不到了……"

发生在陕西蒲城的永丰之战，是配合淮海战役的一次重要战役，战况惨烈。

"是什么力量，让您冒着枪林弹雨勇往直前？"

"决定胜败的关键往往是信仰和意志。我们共产党人就是有着钢铁般的信念。"老人的回答掷地有声。他说，"突击队的任务就是消耗敌人。怎么消耗？就是用身体消耗敌人的弹药，为后续部队打开缺口。我是共产党员、革命军人，越是艰险越要向前。"

每场战斗，张富清都争当突击队员。因为打仗勇猛，彭德怀到连队视察时，多次接见张富清和突击组战士。

1948 年 8 月，在炮火硝烟中，他举起右拳宣誓："我决心加入中国共产党，诚心诚意为工农劳苦群众服务，为新民主主义和共产主义事业干到底，自入党以后，努力工作，实事求是，服从组织，牺牲个人……"

采访结束，张富清在老伴搀扶下，从台桌前站起身为我们送行。

这时我们才发现，老人的左腿已因病截肢……

（三）

2019 年 5 月 10 日，陕西省渭南市蒲城县永丰镇。

怀着对张富清老人的敬意，我们千里寻访英雄的足迹。

漫步永丰镇，战火的硝烟早已散尽，张富清当年和战友们攻下的城墙围寨也难觅踪影。

战役旧址上，建起了永丰革命烈士陵园和永丰战役革命烈士纪念馆，用图文和实物，记录着那场战役的惨烈与荣光。

一座纪念碑矗立天地间，镶刻着王震将军题写的"永丰战役革命烈士永垂不朽"金色大字。

碑前广场上，彭德怀、习仲勋、王震的塑像栩栩如生。

纪念馆内，屏幕上正播放张富清深藏功名的人生传奇。2月15日，《湖北日报》率先推出《95岁老人是功勋卓著的战斗英雄》报道，引起网络广泛转发，在永丰镇也迅速传开。

"这里安葬着在永丰战役中牺牲的330名烈士。"永丰革命烈士陵园管理所所长李巍告诉我们，1958年，为纪念在永丰战役中牺牲的烈士，当地政府主持修建这座陵园，将烈士遗骸集中安置。陵园现为国家级重点烈士纪念建筑物保护单位。

永丰战役是解放战争中，我西北野战军在彭德怀、习仲勋等领导和指挥下的一次重要战役，是1948年冬季攻势中的重大步骤。

永丰战役革命烈士纪念馆碑墙上记载：1948年，西北野战军对胡宗南部于永丰镇曾进行过两次攻坚战。10月5日至7日在荔北战役之永丰战斗中，于该镇全歼敌一个团，活捉团长张泽民；11月26日至28日冬季攻势之永丰战役中，于该镇全歼敌七十六军，活捉敌军长李日基。

李日基后来曾回忆："是夜（注：1948年11月25日夜），永丰镇的防守，统由新一师担任。解放军在肃清外围阵地后，即向四周进逼，准备攻寨。我令各部队在寨墙上挖凿枪眼，在寨内空地上挖掘掩蔽部，作巷战准备。"

忆及被俘情形，他写道："天将黎明，北面东段又被突破一个缺口……这时候，我手中一点预备队也不掌握，只带着几个卫士跑到突破口指挥守兵进行挣扎，企图挨到天明，盼飞机前来支援。可是打开缺口攻进来的解放军，发展得很快。我见大势已去，马上回到军部，令参谋长把来往的电报和底稿全部焚烧。正在焚烧时，解放军进到军部所在窑洞。""当时虽然有身边的人替我打掩护，说我是副官，但还是被解放军指认。我只好承认我就是李日基。"（李日基《第七十六军第三次被歼》，收录于中国文史出版社《西北战场亲历记》。）

李日基所称解放军打开的"缺口"，正是张富清和战友们舍身攻下的堡垒。

永丰战役及时有力地配合了淮海战役，巩固了澄城、合阳、白水等解放区。

1948年12月1日，中共中央致电彭德怀、贺龙、林伯渠、习仲勋、张宗逊、赵寿山，并转西北人民解放军全体同志："庆祝你们歼敌第七十六军两个整师、第六十九军一四四师和第三军十七师大部共十个整团近三万人的巨大胜利。尚望继续努力，为全歼胡宗南匪军、解放大西北而战。"

战斗胜利了，张富清的很多战友牺牲了。湛蓝的天空下红旗招展，壮士却永不归来。

70年过去了。今年3月2日，张富清当年所在的359旅、现新疆军区某部得知张富清的事迹，特意指派两名官兵到来凤探望。当老人听到"359旅的战友"，眼里泪花闪动，他坚强地站起身，行了一个庄严的军礼。

（四）

20世纪50年代至80年代。高山之间，飞云之下。

1954年12月，武汉。

冬日寒风里，一名年轻军官步履匆匆。

风华正茂的战斗英雄张富清，此时面临转业。

最初，他想回陕西老家侍奉母亲，和未婚妻比翼齐飞。

但此时湖北西部的恩施地区缺人才，缺干部。张富清服从组织安排，去了山高路远、条件艰苦的来凤县，"共产党员，要坚决听党的话，党说要去哪里，就去哪里。"

听党的话、服从组织安排，是他一生的信念。

他的未婚妻孙玉兰，也从家乡陕西洋县追随而至。

一块红布，包好用生命换来的勋章。

一只旧皮箱，锁住赫赫功名，封存了戎马岁月。

这对新婚夫妇怀着改变边远山区贫困面貌的憧憬，跋山涉水，一路向西。

"一脚踏三省"的来凤，地处武陵大山深处，与湖南省龙山县只隔着一条酉水河。

今天，我们借助现代交通工具，从武汉走陆路到来凤尚需 7 个小时。

当年，张富清夫妇从汉口出发到来凤，穿越崇山峻岭，走了整整 7 天。

那是新中国成立之初一段极为艰难的岁月。

县城仅三街九巷 5000 余人，街市残破；经济凋敝，民生困难，建设和发展任务极其繁重。

张富清夫妇正是奔着这种艰苦来的。

"这里苦、这里累，这里条件差，共产党员不来，哪个来？"

带着"在战场上死都不怕，还怕什么苦"的赤诚，张富清来了，一来就是一辈子，从此再也没有离开。

军号已吹响，钢枪已擦亮，部队已出发。

在来凤绵延的群山中，张富清开启了人生第二战场。

他在来凤的第一任职务，是县城关粮油所主任。

电影《难忘的战斗》，讲的是解放初期，反动派特务阴谋卡住城市粮源，颠覆新生的革命政权。面对敌人制造的粮荒，军管会组织粮食采购工作队，深入农村，发动群众，收购粮食，支援城市。

管好粮食，是新中国成立之初尤为重要的一项工作。

张富清一头扎进工作里，处处身先士卒，日夜加班加点。

即便如此，大米还是供不应求。

来凤县史志办原主任叶明理介绍，1953 年 3 月 26 日，国民党还向来凤县卯洞区河东乡响水洞一带，空降过 4 名武装特务。长期匪患导致当地农业生产严重滞后，国家又刚实施粮食统购统销，加之第一个五年计划正在实施，工业生产任务繁重，粮油所主任面对这样的局面，工作难度非常之大。"大米供应不上时，只能用 1 斤粮票换 5 斤红薯，这 5 斤红薯还得自己去田里挑。"

为彻底解决大米供需矛盾，张富清想方设法买来设备，办起大米加工厂。

那时，他母亲正在弥留之际，陕西老家几次来信，要他回家见母亲最后一面。一次次催促，他都因工作离不开没能回去。

时隔多年，张富清在日记中写道："当时国家正处在困难时期，工作任务重，作为一名共产党员、革命军人，绝不能向组织提要求，干好工作就是对亲人最好的报答，干好工作就是对母亲最好的尽孝！"

1960 年前后，来凤县同样遭受了罕见的自然灾害。"1959 年干旱 82 天，1960 年干旱 42 天。"叶明理说，张富清就是在这样的情况下前往灾情最严重的三胡区（包括现在的三胡乡及革勒车镇部分）任副区长。

为帮助当地百姓尽快恢复农业生产，张富清经常下乡驻队，住的都是最困难的农户家。老百姓吃啥，他就吃啥，按标准付给粮票。

一头扎进农村的张富清发现，当地农业生产所需的小农具严重不足，需要从邻近的湖南省永顺县采购。他就派人到永顺县请来铁匠杨圣，并安排他带领本地几名铁匠一起打制农具。后来，三胡区不仅实现农具自给，还能外销。

1975年，51岁的张富清调任当时的卯洞公社任副主任。

"组织上考虑他年纪大，安排他分管机关和财贸，本可以不下乡。"时任卯洞公社组织委员的董香彩回忆，张富清一到卯洞公社就主动要求到最偏远、海拔最高的高洞管理区（现高洞村）驻片。"他说，小董啊，我们光当指挥官不行，还要当好战斗员。"当时高洞最大的问题是没有水，水都漏到地下河去了。张富清到高洞后，一面组织人力下到天坑找水，一面带领老百姓开山修梯田。

高洞在悬崖之间，山路崎岖，生产的粮食运不出去，需要的生产资料又运不进来。"就拿每年上缴供应粮来说，需要全生产队劳力肩挑背扛一周左右才能全部运到镇上。"董香彩说，张富清和大家一商量，决定修路。

到高洞要经过的几条河没有桥。张富清就带头脱掉鞋子涉水过河，夏天水流湍急，冬天冰冷刺骨。

从一遍一遍跑立项，到陪同工程师勘探，再到现场协调施工，张富清总是顾不了家。"每次路过都看见他在现场，有时还同大家一起搬石头。"当时经常到高洞进行家访的中学教师向致春回忆。

几年后，挂壁公路终于修通，张富清又完成了一次突击任务。

无论在哪个工作岗位，张富清都把组织交派的工作当作突击任务去完成。

1981年，张富清调任建设银行来凤县支行副行长。刚成立的建行，人少事多，条件艰苦。

"既要搞好工作，也要关心职工疾苦。"张富清决心改变这种现状。

田坝煤矿是当时建行最大的贷款户。为保证把放出去的贷款安全收回来，到了年底，张富清干脆打起背包、临时支张床在厂里，与工人们同吃同住，帮助企业抓生产促销售。当年，建行放出的贷款，没有一笔呆账。

建行有力支援了生产建设，自身经营也很快实现良性循环。到1985年张富清离休时，建行盖起了办公楼、职工宿舍，职工从当初的7人增加到40多人。

（五）

2019年5月12日，秦巴大山。

从渭水岸边的蒲城县永丰镇乘班车翻越秦岭，前往陕西南部汉中市洋县，道路两边的山野上，抽穗的麦子，成片的葡萄、樱桃、酥梨，满目苍翠。

洋县，处于我国南北气候分界线上，北依秦岭，南靠巴山，汉江穿境而过。

1948年，24岁的张富清，正是从洋县马畅镇双庙村出发，参加西北野战军，投身革命洪流。

双庙村党支部书记李志宏告诉我们，看到报道后，才知道村里出了这样一位深藏功名的战斗英雄，正准备代表家乡人民到湖北看望张富清老人。

而在湖北来凤，与张富清在一栋楼里生活了30多年的老街坊们，也都感慨张富清的"保密工作"做得好：这样一位战功卓著、劳苦功高的大英雄，就在我们身边，怎么从来没有听说过？

董香彩、叶明理，都与张富清有过共事的经历，但都不知道他立下过赫赫战功。

张富清的孙女是一所大学的教师。看到报道后，她写了这样一段话："小时候只听说爷爷是一名退役军人，今天我才了解到他的过往功绩，实属惭愧！爷爷一辈子兢兢业业、勤勤恳恳，至今还每天读报，每晚7点必看新闻联播，关心国家大事。他经常教导我们要珍惜现在的好日子，不要忘本，要勤俭节约，要努力学习……爷爷刚过完他95岁生日。家有一老，如有一宝，愿爷爷奶奶身体健康，这比什么都重要！"

建功不贪功、有功不居功，张富清始终以一言一行诠释着共产党员的政治本色。

在三胡区工作，时逢三年自然灾害，国家机关精减人员，他率先动员妻子孙玉兰辞去供销社的公职。他说："我是党员干部，我不带头，还怎么说服别人，开展工作？"

失去了"铁饭碗"，为了贴补家用，孙玉兰当保姆、捡柴火、学缝纫、打零工，有什么干什么。

那时，张富清分管供销社，坐在"金山"上却始终两袖清风，一尘不染。

有一年，他的大儿子有机会招工到恩施市一家国企。张富清得知后，动员儿子放弃招工，下放到卯洞公社万亩林场。他宽慰儿子："我是国家干部，是为党、为国家、为人民办事，如果我照顾亲属，群众对我怎么看？"儿子住茅棚开荒种地，一干就是好几年。

去年，张富清做眼部手术。术前，建设银行来凤县支行行长李甘霖特意叮嘱，张老是离休干部，医药费全额报销，可以选好一点的晶体。但张富清听说同病房的农民病友用的是3000元的晶体，坚持要用同款的。他说："我已经离休了，不能再为国家做什么，能节约一点是一点。"

88岁那年，老人左腿截肢，为了不给组织添麻烦，为了让子女"安心为党和人民工作"，他装上假肢，顽强地站了起来。

近年来，张富清需常年服用降血压药物，他从医院拿药后，就把药锁起来，家里任何人不能用。在他看来，"我的药是公家报销的，只能我用，其他人不能占公家便宜。"

这个从枪林弹雨中走来的汉子，不怕牺牲、不怕艰苦，单单怕脱离群众、怕占公家便宜。

这个走到哪里就奉献到哪里的党员干部，不怕失败、不怕磨难，就怕党的事业干不好、党的形象受损。

干部要过权力关，不易。过家人关，更难。

张富清也爱家人，也疼孩子。只是，他希望孩子们一生过得坦坦荡荡，踏踏实实。

他经常教育儿女："我有言在先，要靠自己的本事考学、工作，我没有能力给你们找出路，更不会用公家的权力给你们找工作！"

4个子女，没有一个沾过父亲的光。

"我们的日子虽然平淡，但过得踏实。这是父亲留给我们的一笔无比珍贵的精神财富。"

（六）

2019年5月13日傍晚，来凤县文化广场。

同往常一样，《我和我的祖国》的动人旋律响起——

　　我的祖国和我，像海和浪花一朵

　　浪是海的赤子，海是那浪的依托

　　……

张富清的事迹经媒体报道后，沸腾了这座小城，人们争说身边这位英雄的传奇。

许多读者请我们代为向张富清老人致敬，也很想问一问，他怎么能够做到深藏功名，一辈子为党为民，始终如一？

那晚，来凤飘落着小雨。流连在老人门外长满苍苔的小院，我们不忍再惊扰他。

夜色阑珊，烟雨苍茫，街灯徜徉。

我们静静走过酉水河岸，脑海中回响着张富清质朴的话语："一想起和我并肩作战的战友，有好多都不在了，比起他们来，我有什么资格拿出立功证书去显摆啊？"

我们轻轻走过永丰镇的城寨，"听党指挥、能打胜仗"，那烽火岁月里张富清和他那些英勇无畏的战友们前仆后继的身影，在眼前浮动；

我们缓缓走过卯洞的溪谷，"光当指挥官不行，更要当好战斗员"，我们依稀看到他走家串户的身影；

我们默默走过三胡乡的田野，"不忘初心、牢记使命"，共产党人的铮铮誓言，在大山间回荡……

共和国走过 70 年风风雨雨，张富清老人的岗位、身份一再改变，唯一不变的，是他对党的绝对忠诚。从老人身上，我们看到了什么是"不忘初心"，什么是"淡泊名利"，什么是"克己奉公"，我们看到的是一名共产党员的本色。

这位 95 岁的老人，感动了这个春天，感动着中华大地。

让我们再一次向你致敬，道一声"珍重"。

你从秦巴大山走来，经历枪林弹雨的洗礼，穿越世事的浮华与喧嚣，把共产党人的初心和使命铭刻于心，深深扎根在武陵大山里。

你在那里，你就是一座山！

《湖北日报》(2019 年 05 月 25 日 01 版)

媒体评论及
读者热议

永葆共产党人的初心和本色

楚言

英雄是民族最闪亮的坐标。

礼赞英雄从来都是最动人的乐章。

近日，中共中央总书记、国家主席、中央军委主席习近平对原西北野战军 359 旅 718 团 2 营 6 连战士张富清同志先进事迹作出重要指示强调，老英雄张富清 60 多年深藏功名，一辈子坚守初心、不改本色，事迹感人。在部队，他保家卫国；到地方，他为民造福。他用自己的朴实纯粹、淡泊名利书写了精彩人生，是广大部队官兵和退役军人学习的榜样。要积极弘扬奉献精神，凝聚起万众一心奋斗新时代的强大力量。

一个已过鲐背之年的老人，一个深藏功名的战斗英雄，一个练就了钢筋铁骨的共产党员，一个退伍不褪色的退役军人，一个忘我工作、公私分明的老干部……

张富清用穿越不同时代的奋斗与奉献，为人们更好地了解中国共产党人的先进性提供了一个鲜活可信的形象，为即将走过百年的马克思主义政党永葆蓬勃生机和旺盛活力写下了一个生动注脚。

我们向张富清致敬，从光芒闪耀的英雄足印中，寻找砥砺奋进的精神力量。

（一）

"一切向前走，都不能忘记走过的路；走得再远、走到再光辉的未来，也不能忘记走过的过去，不能忘记为什么出发。"

以百姓心为心，与人民同呼吸、共命运、心连心，是党的初心，也是党的恒心。张富清的故事感人至深、引人共鸣的价值内核是什么？带给人们巨大启示的重要原因是什么？正是在风雨兼程中坚守初心、在峥嵘岁月中不改本色的卓然风范。

初心为什么重要？

从今年6月开始，全党要自上而下分两批开展"不忘初心、牢记使命"主题教育。前不久，习近平总书记来到中央红军长征集结出发地江西于都，探寻"初心"的源头，用身体力行、率先垂范昭告全党，新的长征路上，"初心"永远是共产党人的精神航标。

红色政权来之不易、新中国来之不易、中国特色社会主义来之不易。从弱小到强大，从九死一生到蓬勃兴旺，一个百年大党永葆生机、屹立不倒的动力源泉就是不忘初心、牢记使命、永远奋斗。

本色为什么宝贵？

丢掉本色，就是忘记过去，就意味着背叛。

坚定理想、服务人民、求真务实、开拓创新、清正廉洁、艰苦奋斗等马克思主义政党鲜明的政治本色，是共产党人政治生命的基因，是党生生不息、发展壮大的本源，是党的事业枝繁叶茂的根系。

面对新的历史条件和新的考验，面对人民的信任和重托，当代中国共产党人只有始终不渝地保持政治本色，才能在时代大潮中永远立于不败之地。

以人民立场作出中国特色社会主义进入新时代的新论断，用人民视角发现我国社会主要矛盾变化的新特点，向人民承诺分两步走建成社会主义现代化强国的新目标，为人民担当提出党的建设的新要求。

新时代、新征程、新使命，仍然需要无数英雄儿女凝聚在信仰的旗帜下，初心不改；仍然需要无数仁人志士凝聚在真理的旗帜下，本色鲜明。这是千秋伟业对"风华正茂"的中国共产党提出的要求，是新的长征对8900多万名党员发出的呼唤。

在这样的时空纵深里阅读张富清的故事，体悟他的精神，我们能看到——

不论岁月如何变幻，一个共产党员、退役军人的品质，未曾摇移，在时代的深处画出了一道感动人、鼓舞人的精神风景线。

从青年、中年到老年，他用60多年的时间长度守护初心和本色，风雨不摧，安如磐石。习近平总书记说："中国共产党是世界上最大的政党。大就要有大的样子。"党员的精神风貌，决定着党的形象和状态。张富清和英雄花名册上无数闪亮的名字一起，用自身清晰的"样子"和"形象"，让人们看到了世界上最大的政党的"样子"和"形象"。

从军人到基层干部再到离休，张富清深刻回答了小我与大我的人生考题，清晰标刻出了"入党为什么、当干部做什么、为后人留下什么"的价值路径，唱响了一曲精神之歌的主旋律。

（二）

生命的价值蕴含在人生的轨迹之中。

坚守初心、不改本色，张富清把这样几个维度的精神深深地印进了人们心里。

他信念如山、对党忠诚——

"天下至德，莫大于忠"。忠诚不是写在纸面上的信誓旦旦，而是毕生践行的不世之业。现实中，有的党员干部是人前豪言壮语，人后另一副模样，有的人认为忠诚是"迂"、老实是"傻"，甚至一边大谈党性、一边欺瞒组织，一边大谈约束、一边自我放纵。张富清是把崇高信念、对党忠诚视为内心的"宪法"，矢志不渝去坚守的人。张富清的忠诚，起自于他秉持的"党指到哪里，我就走到哪里，打到哪里"的家国大义，展现于他践行的"要完成任务，领导自己要过硬，执行政策才能坚决，动员别人才好做工作"的政治品格，升华于他树立的"工作上离休了，在思想政治上不能离休"的高远追求。他用行动追寻价值，不是要做给谁看，而是践行入党初心，自觉做共产主义远大理想和中国特色社会主义共同理想的坚定信仰者和忠实实践者，自然沉静，充满力量。

他朴实纯粹、淡泊名利——

淡泊明志，宁静致远，从古到今，知易行难。现实中，有的人嘴上这样讲，实际上是一遇得失问题就焦虑；有的人喊着知足常乐，实际上身为形役、心为物役，飘飘无所适，无止境的贪念带来无止境的烦恼，甚至滑入深渊。张富清朴实纯粹、淡泊名利，言行一致、知行合一。他把卓著功勋深藏心底，到艰苦、困难的地区为党工作，为人民做事，无怨无悔，从不向组织伸手……在日常工作、柴米油盐中立起的人格品质，展现的操守风骨，透着成色十足的坦荡与明亮。

他克勤克俭、敬业奉献——

我们党是靠艰苦奋斗成长壮大、成就伟业的，是靠勤俭节约发展事业、建设国家的。没有克勤克俭的精神作支撑，民族难以自立自强；没有一大批党员干部敬业奉献，国家难以发展进步。党员领导干部如果大事干不了，小事不愿做，热衷于摆花架子、做表面文章，只有唱功、没有做功，事业难以兴旺发达。动员妻子从供销社离职，减轻国家负担，"我没有本事为儿女找出路，我也不会给他们找工作"，张富清把嘉言懿行注入了一个家庭；粮食局、三胡区、卯洞公社、外贸局、建设银行……不论身处什么单位、什么岗位，张富清始终以奋斗为通行证，把心思用在干事业上，致力当好人民的勤务员；斑驳的房屋内墙，龟裂的木门和窗框，坑坑洼洼的木质茶几，无声地述说着一个共产党员的巍峨形象。

（三）

恩格斯说过："一个知道自己的目的，也知道怎样达到这个目的的政党，一个真正想达到这个目的并且具有达到这个目的所必不可缺的顽强精神的政党——这样的政党将是不可战胜的。"

"事业发展永无止境，共产党人的初心永远不能改变。唯有不忘初心，方可告慰历史、告慰先辈，方可赢得民心、赢得时代，方可善作善成、一往无前。"在党的十九大胜利闭幕一周之际，习近平总书记带领中共中央政治局常委瞻仰中共一大会址和南湖红船，回顾建党历史，重温入党誓词，以"初心"启示未来。

英雄无言，老英雄张富清以他永不褪色的奋斗足迹，践行一名共产党人坚定的信仰，对党的无限忠诚、对人民的深厚感情。

初心不变，一位95岁老人的本色人生，映照出一个百年大党不断战胜困难险阻、不断创造发展奇迹的精神密码。

70年艰苦奋斗，今天的中国，已经站在新的历史起点上。在实现中华民族伟大复兴的新征程上，应对错综复杂的国际形势，战胜国内外各种重大风险挑战，更要靠保持不忘初心的历史定力，以更强烈的进取精神破局开路，夺取中国特色社会主义新胜利。

躬逢"两个一百年"奋斗目标的历史交汇期，今天的湖北，正处在发展的重要战略机遇期。深入贯彻落实习近平总书记视察湖北重要讲话精神，推动湖北在长江经济带建设和中部地区高质量发展中奋勇争先，打好打赢三大攻坚战，跑好全面建成小康社会"最后一公里"，更要靠肩负不忘初心的历史担当，凝聚起万众一心奋斗新时代的强大力量。

——让我们高扬理想信念的风帆

"只要我们保持坚定理想信念和坚强革命意志，就能把一个个坎都迈过去，什么陷阱啊，什么围追堵截啊，什么封锁线啊，把它们通通抛在身后！"长征路上，正是靠着坚定的革命理想信念，党和红军才一次次绝境重生，创造了难以置信的奇迹，新的长征路上，何尝不是如此？

历史和实践反复证明，一个政党有了远大理想和崇高追求，就会坚强有力，无坚不摧，无往不胜，就能经受一次次挫折而又一次次奋起；一名干部有了坚定的理想信念，站位就高了，心胸就开阔了，就能坚持正确政治方向，做到"风雨不动安如山"。理想信念是共产党人精神上的"钙"，高扬理想信念的风帆，就要增强"四个意识"、坚定"四个自信"、做到"两个维护"，严守党的政治纪律和政治规矩，始终在政治立场、政治方向、政治原则、政治道路上同党中央保持高度一致，让理想信念之火，为干事创业注入不竭的精神动力。

——让我们高扬矢志奋斗的精神

"中国社会发展，中华民族振兴，中国人民幸福，必须依靠自己的英勇奋斗来实现，没有人会恩赐给我们一个光明的中国。"在纪念五四运动 100 周年大会上，习近平总书记深刻阐释了中华民族永久奋斗的伟大传统和现实意义。

时代是出卷人。落实"四个着力""四个切实"、奋力谱写新时代湖北高质量发展新篇章的殷殷嘱托，每一项时代考题，都需要我们用奋斗和实干去作答。中部地区发展势头能不能持续下去？能不能在先进技术、重点领域、关键环节有更大突破？能不能在高质量发展和加快新旧动能转换的道路上越走越好？湖北作为中部地区的重要省份，回答好习近平总书记目光深邃的追问，做好我们自己的事情，交出优异答卷，需要我们用奋斗和实干去攻坚。人到半山、船至中流，接续奋斗，永远奋斗，才能一步一个脚印把前无古人的伟大事业推向前进。

——让我们高扬无私奉献的精神

"真正同人民结合起来。"在 2019 年春季学期中央党校（国家行政学院）中青年干部培训班开班式上，习近平总书记勉励年轻干部把党的初心、党的使命铭刻于心，把人民放在心中最高位置，虚心向群众学习，真心对群众负责，热心为群众服务，诚心接受群众监督。

为什么 74 年前的"延安窑洞对话"和 70 年前的"西柏坡赶考"，都给出了"得民心者得天下，失民心者失天下"的答案？

正是因为为什么人、靠什么人的问题，是检验一个政党、一个政权性质的试金石，正是靠着千千万万如张富清一样的共产党人无私奉献的伟大情怀和崇高精神，我们开创并倾情为之奋斗的事业，才得以爬坡过坎、蒸蒸日上，不断开辟新的境界。

始终牢记"民生是最大的政治"，以奉献自觉为人民服务、为人民造福，聚焦民生领域难点、痛点、堵点，敢于并善于推出更多叫得响、立得住、群众认可的硬招实招，才能让人民群众有更多的获得感、幸福感、安全感。

征程万里，初心如磐。

饮水思源，本色不移。

心的志向决定脚的方向；有什么样的精神，就会有什么样的力量。

共产党人的一颗初心，蕴含着回答了中国共产党为什么"能"、马克思主义为什么"行"、中国特色社会主义为什么"好"的深刻答案。

共产党人的政治本色，昭示着永远走在时代前列，永远做中国人民和中华民族的主心骨的历史责任和前进方向。

更加紧密地团结在以习近平同志为核心的党中央周围，把党的初心和使命铭刻于心，永葆共产党员的政治本色，我们就一定能凝聚起荆楚儿女的磅礴之力，在新长征路上战胜一切艰难险阻，在新时代创造新的更大奇迹！

《湖北日报》（2019 年 05 月 31 日 01 版）

不忘初心最动人

——一论学习张富清同志先进事迹

湖北日报评论员

在新中国成立 70 周年之际，一位党龄 71 年的老战士、老党员，以其奋斗和奉献的先进事迹，诠释了什么是对党和人民"绝对忠诚"，什么是"坚守初心、不改本色"。

战场上，他冲锋在前、九死一生，践行着火线入党时的誓言——"我一直按我入党宣誓的去做，满脑子都是要消灭敌人，要完成任务，所以也就不怕死了。"建设时期，他不忘共产党人的初心和使命，"坚决服从组织安排"，转业到湖北最偏远的来凤县工作——"这里苦，这里累，这里条件差，共产党员不来，哪个来啊？" 71 年初心不变、本色不改，老英雄身上展现的共产党人的崇高品格，感动了千千万万的人。

"坚守初心、不改本色"不是嘴上说出来的，要在实践中干出来，在事情上磨砺出来，在不惧艰险、担责担难中展现出来。张富清老人的事迹为什么感人？因为他在枪林弹雨中勇往直前，战争胜利后到艰苦地区工作，本色不改，奉献一生，始终不忘共产党人"为中国人民谋幸福，为中华民族谋复兴"的初心。

"坚守初心、不改本色"需要经得起岁月的检验，受得住平凡岗位的寂寞和艰辛。71 年党龄！漫长的岁月里，不论是籍籍无名还是战功赫赫，不论是奋勇杀敌还是任职基层，他始终殚思竭虑，一心为民，从不向组织提要求，从不为自己谋私利，这种 71 年初心不变、本色不改的坚守，怎能不令人肃然起敬？

"坚守初心、不改本色"依靠理想信念作支撑。转业安置，工作安排，张富清这样的老党员为什么依然能够"哪里有危险往哪里冲，哪里艰苦往哪里去"？因为他们始终牢记入党时的誓言，时刻以共产党人、革命军人的高标准严格要求自己。他们的精神坐标始终非常明确，那就是一个合格共产党员"全心全意为人民服务"的根本要求。始终把准精神坐标，就能任它风吹浪打，笃定前行方向，始终不改本色。

大半辈子扎根在偏远山区，觉得苦吗？老英雄张富清的回答是："我连死都不怕，还能怕苦么？"诚如斯言，共产党人不怕艰苦，共产党人有理想信仰作支撑。不计私利，一心为民，一辈子坚守初心，就是共产党人应有的本色，因为，"共产党人是用特殊材料制成的"。

《湖北日报》（2019 年 05 月 25 日 01 版）

淡泊名利最可贵

——二论学习张富清同志先进事迹

湖北日报评论员

张富清老人的英雄事迹被发现，是个"意外"。

要不是国家进行退役军人信息采集，老人以"对党老实忠诚"的态度拿出军功章、报功书，他的事迹可能永远被深藏于箱底。如果不是当地干部以"组织的要求"之名，劝说老人接受媒体采访，他的故事也不会被外界所知。这就是最令人震撼之处——深藏功名60多年，烈烈往事，连儿女都不告诉；赫赫战功，连一起共事几十年的老同事也"不晓得"。

"将军百战死，壮士十年归。"九死一生的战斗英雄，看淡了生死、淡薄了功名，本就难能可贵；默默锁上军功章，服从组织安排到最艰苦的山区贡献一生，更让人敬仰感佩。"这些荣誉我不愿意让家里人知道，到处去讲去炫耀。""一想起和我并肩作战的战士，有几多都不在了，比起他们来，我有什么资格拿出立功证件去显摆自己啊？"说这些的时候，张富清老泪纵横，感人至深。

之所以"藏得住"，是因为他的初心就不是功名利禄，而是为国家谋解放、为人民谋安康；是因为他始终把那些牺牲的战友作为精神坐标，拿他们作对照，以向组织邀功、提要求、要待遇为耻；是因为在他看来，为党和人民出生入死、牺牲奉献本就是共产党员的本分，不值得夸耀和显摆。这样的境界何其高远，这样的精神何其可敬！

　　而反观少数党员干部，恶实干而好虚名，热衷于炮制政绩、自我贴金，不仅不为民谋利，还与民争利。老一辈无产阶级革命家董必武说过，一个自觉的革命家和一个普通人不同之处虽然很多，但最重要的一条区别，就在于他们对于"我"的态度不同：是唯我，还是忘我？是事事以我的利益为出发点，还是以群众的利益为出发点？

　　如何看待名利，是检验一个共产党员品格的试金石。"个人名利淡如水，党的事业重如山"，朴实纯粹、淡泊名利的老英雄张富清是一面亮堂堂的镜子，对"镜"自省、见贤思齐，正品行、找差距，我们就能坚定信仰，锤炼党性、提高境界，踏踏实实为党为民尽好"本分"。

《湖北日报》（2019 年 05 月 26 日 01 版）

无私奉献最纯粹

——三论学习张富清同志先进事迹

湖北日报评论员

不到张富清老人家里，哪能想到，老英雄离休后住的是老旧的筒子楼，墙体和屋顶都起了皮……老人却说，和贫困群众比，我有固定待遇，过得很好了。老人患了眼疾，需要植入人工晶体，进口的材料得好几万元，他是离休干部可以全额报销。但得知同病房的农民用国产的只需 3000 多元，他坚决要求改用国产。

在生活待遇上，贫困群众、农民兄弟是他的参照。对待事业，他却一贯高标准要求自己。对家人他也要求严苛，连几瓶降压药都锁起来，确保"专药专用"。在老英雄张富清身上，我们看到了一个共产党员秉公用权、不谋私利的赤子情怀，克己奉公、忠诚为民的奉献精神。

"我们共产党人讲奉献，就要有一颗为党为人民矢志奋斗的心。"无论是立志"生也沙丘，死也沙丘，父老生死系"的焦裕禄，还是誓言"不把人民拯救出苦难，共产党来干什么"的谷文昌；无论是守岛卫国、把毕生精力献给海防事业的王继才，还是深藏功名 60 多年、不改初心和本色的老英雄张富清……正是有了千千万万党员的无私奉献、默默付出，我们开创并倾情为之奋斗的事业，才得以爬坡过坎、代代相传，不断开辟新境界；正是因为千千万万共产党员吃苦在前、享受在后，像螺丝钉一样紧紧"拧"在各自的岗位上，克己奉公、忠诚为民的奉献精神才成为社会的精气神。

今天，我们正处在全面建成小康社会的决胜阶段，面临很多国际国内的现实困难和风险挑战，依然需要广大党员干部学习榜样，发扬奉献精神，自觉为人民服务、为人民造福。

学习榜样，就应反复对照，自己理想信念是否坚定，精神上缺不缺"钙"；看看自己有没有当好群众的贴心人、发展的带头人；问问自己有没有坚守共产党人的本色，经得起考验。思想上要真触动、行动上要真落实，对不良风气说不，与弄权贪腐绝缘，多做雪中送炭的暖心事，多下啃硬骨头的苦功夫，把脚印留在改革发展实践中，把口碑立在老百姓的心田里。

发扬奉献精神不是空洞口号，始终怀着一颗为党为人民矢志奋斗的心，坚持做到干一行、爱一行、钻一行、精一行，不论在哪里、在哪个岗位上，始终勤勤恳恳、兢兢业业做好自己的工作，我们就能在拼搏中推动事业发展，在奋斗中实现人生价值，创造出经得起实践、群众和历史检验的实绩。

《湖北日报》（2019 年 05 月 27 日 01 版）

初心永恒

湖北日报全媒记者　江卉

楼下的杜鹃，迎着微风灿烂绽放。

这是来凤县城一套80平方米的普通旧房，95岁离休干部张富清和老伴住在这里，日子平淡而幸福。

没有人知道，这是一位在战火中屡立功勋的战斗英雄。

直到2018年12月，在退役军人信息采集中，老人尘封半个多世纪的英雄传奇才被揭开面纱……

这是一个为信仰而生的人。

71年前，入党之初，他立下誓言："党指到哪里，我打到哪里！"

共产党人的铮铮誓言，说一次就管一辈子。

英雄无言，历史作证。

解放战争的炮火硝烟中，他一次次突击、一次次冲锋，出生入死，战功赫赫。

三枚军功章、一本立功证书、一份《报功书》，泛黄的纸张告诉我们，他是共和国的英雄！

英雄无言，山河作证。

退役转业的人生抉择中，他放弃安逸主动到最艰苦最偏远的边城来凤，扎根深山。

一只旧皮箱，封存了勋章，尘封了功绩。

跋山涉水一路向西，巍巍武陵、静静酉水告诉我们，他是淡泊名利的英雄！

英雄无言，人民作证。

地方建设的艰难岁月里，他忘我工作、殚精竭虑、公私分明。群众的点滴回忆告诉我们，他是矢志奉献的英雄！

什么都不说，祖国知道我。

共和国走过了 70 年的风风雨雨，张富清老人的岗位、身份也一再改变。唯一不变的，是他对党的绝对忠诚。

褪色的家具、老旧的物件，置身张富清老人家中，恍若时光倒流。

他只要亮出军功章摊开双手，就可能享受各种待遇，可是他没有。

"一想起和我并肩作战的战友，有多少都不在了，比起他们来，我有什么资格去显摆自己？我有什么功劳啊？"

公与私，名与利，奉献与索取，他想得明白，活得本分，分得清楚。

朴素纯粹，淡泊名利。

张富清，用一生诠释了一名共产党员的初心和使命。

致敬，英雄！

致敬，伟大的中国共产党人！

《湖北日报》（2019 年 05 月 26 日 08 版）

时空转换　英雄如山

襄阳读者　李华帆

《湖北日报》5月25日头版报道《你是一座山——记深藏功名的共产党员、战斗英雄张富清》，配发评论员文章《不忘初心最动人——一论学习张富清同志先进事迹》，表现主人公在革命战争年代的英雄主义精神，和新中国成立后不忘初心、牢记使命，立党为公、忠诚为民的奉献精神。

2月15日，《湖北日报》首次报道张富清老英雄的事迹。这次，湖北日报经过周密、细致地采访，推出重量级的人物通讯《你是一座山》。报道篇幅较长，但并未带来阅读的疲劳感，反而让读者越读越想读，想一口气读完。笔者为张富清老人如山一般厚重的英雄精神而感动、流泪。张富清是当今时代的真英雄，值得每个人学习。

报道开头向读者铺展开一个立体的英雄形象。时空转换和电影闪回似的写作，融入了记叙、描写、议论与抒情等多种表达方式。"那晚，来凤飘落着小雨……夜色阑珊，烟雨苍茫，街灯徜徉"，四个排比段落，概述了主人公的英雄岁月。从"共和国走过70年风风雨雨"至文末"你在那里，你就是一座山"，以议论加抒情的笔触再次点明主题："你就是一座山"。

《湖北日报》（2019 年 05 月 28 日 14 版）

无私奉献最纯粹

中建三局二公司　梁征

　　《湖北日报》5月26日08版"视点"《初心永恒》，报道老英雄张富清，60多年深藏功名，坚守初心，不改本色，用自己的朴实纯粹，书写英雄人生。张富清说："我有什么资格拿出立功证件去显摆自己啊？"生命诚可贵，党性价更高，张富清不忘初心，淡泊名利，孜孜不倦践行信仰，值得我们学习。

　　"无私奉献最纯粹"，湖北日报客户端推出专题《战斗英雄张富清》，设有"总书记指示""英雄故事""媒体聚焦""融媒报道""评论"等栏目，集纳了相关报道、评论、图片、手绘长图等，方便读者、网友阅读。

《湖北日报》（2019年05月28日14版）

因为爱　所以深藏

枝江市作协　张同

如果不是因为退伍军人信息采集，95岁战斗英雄张富清的功名，可能要一直深藏在来凤县一个普通家庭的旧皮箱中，深藏在保存了60多年的红布包里。

泛黄的纸张与字迹，掩不住这位共和国老兵的功勋卓著。他不是不爱这些功名，正是因为爱，他才将这些用青春和鲜血换来的勋章精心收藏在一个红布包里。而他又为什么一直对这些荣誉保持沉默？

湖北日报对英雄张富清的全媒报道，让广大读者、网友听到老人那朴实的心声，全方位、多角度地回答了读者、网友的疑问。建功不贪功、有功不居功，不言功者功自见。"真金"被发现的时候，贮存"真金"的时间也会像一道光亮划破星空。

我们在致敬张富清老英雄时，也向发现和推出这一典型人物的媒体人致敬。湖北日报全媒报道为时代呈现了一面镜子，有力诠释了什么是"中国的脊梁"。

《湖北日报》（2019年05月28日14版）

一座精神的丰碑

5 月 24 日湖北日报微信《重磅！习近平对湖北这位 95 岁老人事迹作出重要指示！他把一个秘密藏了 64 年！》

5 月 25 日湖北日报微信《你是一座山！湖北日报长篇通讯再次聚焦战斗英雄张富清！》

5 月 25 日《湖北日报》01 版《你是一座山——记深藏功名的共产党员、战斗英雄张富清》

看得人感动涕零又心潮澎湃，张爷爷这种舍生忘死、不忘初心的品质，对我们和我们的事业而言，是多么宝贵的精神财富啊。

网友 三石生

岁月静好，是因为有无数前辈披肝沥胆、热血奉献。向默默奉献的英雄们致敬。

网友 志在四方

战争时期，他冲锋在最危险的前线。和平年代，他驻守在最困难的地区。他是共和国的英雄，他就在我们身边。

网友 Jocelyn

看了张叔叔的事迹好感动，您是我们的骄傲，向最可爱的军人致敬。张叔叔看着我们长大，可真不知道他老人家的事迹，为老人家点赞。

网友 耿兴斗

尊敬的老前辈，向您致敬。一定要注意身体，多多保重，您是我们的楷模，是祖国的宝贵财富，人民永远记着您。

网友 强力

《湖北日报》(2019 年 05 月 28 日 14 版)

张富清同志系列小故事（一）

老英雄是这样被发现的

新华社记者　余国庆　王斯班　童思维（实习）

【简介】

　　95 岁战斗老英雄张富清入党 71 年，深藏功名 60 多年，淡泊名利，默默奉献，他的故事是如何被发现的呢？

（新华社 2019 年 05 月 24 日）

张富清同志系列小故事（二）

难忘永丰那一夜

新华社记者 余国庆 王斯班 童思维（实习）

【简介】

　　1948年解放陕西永丰的战斗中，张富清英勇作战，炸毁敌人碉堡两个，九死一生，立下赫赫战功。

（新华社2019年05月25日）

张富清同志系列小故事（三）

"我就用最便宜的，不能给组织添麻烦"

新华社记者　余国庆　王斯班　童思维（实习）

【简介】

　　在常人眼里，立了这么多战功，又是离休干部，张富清完全可以为自己的生活争取福利，可是他没有。1985 年，张富清从中国建设银行来凤支行副行长的岗位上离休。2018 年，因患眼疾，他去恩施州中心医院做手术。在此过程中，一件令人想不到的事情发生了……

（新华社 2019 年 05 月 26 日）

张富清同志系列小故事（四）

搪瓷缸

新华社记者　余国庆　王斯班　童思维（实习）

【简介】

一个用了几十年、补了又补的搪瓷缸，虽不能再用，却成为张富清一生中最重要的收藏之一。

（新华社 2019 年 05 月 27 日）

张富清同志系列小故事（五）

88 岁站起来

新华社记者　余国庆　王斯班　童思维（实习）

【简介】

2012 年，88 岁的张富清的左腿高位截肢。当家人和朋友以为他将靠轮椅度过余生的时候，张富清却奇迹般站了起来。

（新华社 2019 年 05 月 28 日）

张富清同志系列小故事（六）

老兵的军礼

—— 写给父亲张富清的诗

新华社记者 余国庆 王斯班

【解说】

　　张富清，一个原本普通的名字，如今成为网络上的热搜关键词。

　　灿烂笑容，绽放在这位 95 岁老英雄的脸上，成为打动亿万国人的"时代表情"之一。

　　烽火连天的战争年代虽然远去，但老人对部队的感情一直没有变。今年 3 月，老部队派人从 4000 多公里外的新疆驻地，到湖北来凤看望这位 95 岁的老兵，面对身着军装的新战友，老人缓缓举起右手。

　　目睹这个瞬间的儿子，一夜未眠，写下《老兵的军礼》，感人至深。

【朗诵】 张富清次子 张健全

【同期】 张富清次子 张健全

（新华社 2019 年 05 月 29 日）

张富清：

党指到哪里，我就打到哪里

【简介】

张富清所在部队，是著名的西北野战军 359 旅。一张泛黄的《立功登记表》上记录着他的 4 次立功经过：

1948 年 6 月，作为 14 团 6 连战士，在壶梯山战役中任突击组长，攻下敌人碉堡一座、打死敌人两个、缴机枪一挺，并巩固了阵地，使后续部队顺利前进，立师一等功；

1948 年 7 月，在东马村带突击组 6 人，扫清消灭外围守敌，占领敌人一座碉堡，给后续部队打开缺口，负伤不下火线继续战斗，立团一等功；

1948 年 9 月，作为 14 团 6 连班长，在临皋执行搜索任务时发现敌人，即刻占领外围制高点，压制了敌人封锁火力，迅速消灭敌人，立师二等功；

1948 年 10 月，在永丰战役中带突击组，夜间上城，夺取了敌人碉堡两座、缴机枪两挺，打退敌人数次反扑，坚持到天明，获军一等功。

1948 年 12 月彭德怀签发的《报功书》中写道："张富清同志为民族与人民解放事业，光荣参加我西北野战军第二纵队三五九旅七一八团二营六连任副排长，因在陕西永丰城战斗中勇敢杀敌，荣获特等功。"

老人沉思着，仿佛回到那烽火连天的岁月——"我是 1948 年 3 月参加解放军的，当时白天黑夜战火正猛，几乎天天在行军打仗，记忆最深的是永丰城一役。"

（湖北日报客户端 2019 年 05 月 26 日）

张富清：

在战场上死都没有怕，
我还能叫苦把我怕到了

【简介】

1954 年 12 月，武汉。

冬日寒风里，一名年轻军官步履匆匆。

风华正茂的战斗英雄张富清，此时面临转业。

最初，他想回陕西老家侍奉母亲，和未婚妻比翼齐飞。

但此时湖北西部的恩施地区缺人才，缺干部。张富清服从组织安排，去了山高路远、条件艰苦的来凤县，"共产党员，要坚决听党的话，党说要去哪里，就去哪里。"

听党的话、服从组织安排，是他一生的信念。

（湖北日报客户端 2019 年 05 月 26 日）

张富清：

我都是一视同仁，有什么供应什么

【简介】

在来凤绵延的群山中，张富清开启了人生第二战场。

他在来凤的第一任职务，是县城关粮油所主任。

电影《难忘的战斗》，讲的是中华人民共和国成立初期，反动派特务阴谋卡住城市粮源，颠覆新生的革命政权。面对敌人制造的粮荒，军管会组织粮食采购工作队，深入农村，发动群众，收购粮食，支援城市。

管好粮食，是中华人民共和国成立之初尤为重要的一项工作。

张富清一头扎进工作里，处处身先士卒，日夜加班加点。

即便如此，大米还是供不应求。

为彻底解决大米供需矛盾，张富清想方设法买来设备，办起大米加工厂。

（湖北日报客户端 2019 年 05 月 26 日）

张富清：

光当指挥官不行，更要当战斗员

【简介】

　　1975 年，51 岁的张富清调任当时的卯洞公社任副主任。"组织上考虑他年纪大，安排他分管机关和财贸，本可以不下乡。"时任卯洞公社组织委员的董香彩回忆，张富清一到卯洞公社就主动要求到最偏远、海拔最高的高洞管理区（现高洞村）驻片。"他说，小董啊，我们光当指挥官不行，更要当好战斗员。"当时高洞最大的问题是没有水，水都漏到地下河去了。张富清到高洞后，一面组织人力下到天坑找水，一面带领老百姓开山修梯田。

　　高洞在悬崖之间，山路崎岖，生产的粮食运不出去，需要的生产资料又运不进来。"就拿每年上缴供应粮来说，需要全生产队劳力肩挑背扛一周左右才能全部运到镇上。"董香彩说，张富清和大家一商量，决定修路。

　　到高洞要经过几条没有桥的河。张富清就带头脱掉鞋子涉水过河，夏天水流湍急，冬天冰冷刺骨。

　　从一遍一遍跑立项，到陪同工程师勘探，再到现场协调施工，张富清总是顾不了家。"每次路过都看见他在现场，有时还同大家一起搬石头。"当时经常到高洞进行家访的中学教师向致春回忆。

几年后，挂壁公路终于修通，张富清又完成了一次突击任务。

（湖北日报客户端 2019 年 05 月 26 日）

张富清：

3000 多元的晶体就很好，我选它

【简介】

去年，张富清做眼部手术。术前，建设银行来凤县支行行长李甘霖特意叮嘱，张老是离休干部，医药费全额报销，可以选好一点的晶体。但张富清听说同病房的农民病友用的是 3000 多元的晶体，坚持要用同款的。他说："我已经离休了，不能再为国家做什么，能节约一点是一点。"

88 岁那年，老人左腿截肢，为了不给组织添麻烦，为了让子女"安心为党和人民工作"，他装上假肢，顽强地站了起来。

近年来，张富清需常年服用降血压药物，他从医院拿药后，就把药锁起来，家里任何人不能用。在他看来，"我的药是公家报销的，只能我用，其他人不能占公家便宜。"

这个从枪林弹雨中走来的汉子，不怕牺牲、不怕艰苦，单单怕脱离群众、怕占公家便宜。

这个走到哪里就奉献到哪里的党员干部，不怕失败、不怕磨难，就怕党的事业干不好、党的形象受损。

（湖北日报客户端 2019 年 05 月 26 日）

张富清：

牺牲的战友才是真正的英雄，真正的功臣

【简介】

夜色阑珊，烟雨苍茫，街灯徜徉。

我们静静走过酉水河岸，脑海中回响着张富清质朴的话语："一想起和我并肩作战的战友，有好多都不在了，比起他们来，我有什么资格拿出立功证书去显摆啊？"

我们轻轻走过永丰镇的城寨，"听党指挥、能打胜仗"，那烽火岁月里张富清和他那些英勇无畏的战友们前仆后继的身影，在眼前浮动。

我们缓缓走过卯洞的溪谷，"光当指挥官不行，更要当好战斗员"，我们依稀看到他走家串户的身影。

我们默默走过三胡乡的田野，"不忘初心、牢记使命"，共产党人的铮铮誓言，在大山间回荡……

共和国走过 70 年风风雨雨，张富清老人的岗位、身份一再改变，

唯一不变的，是他对党的绝对忠诚。从老人身上，我们看到了什么是"不忘初心"，什么是"淡泊名利"，什么是"克己奉公"，我们看到的是一名共产党员的本色。

这位 95 岁的老人，感动了这个春天，感动着中华大地。

让我们再一次向你致敬，道一声"珍重"。

你从秦巴大山走来，经历枪林弹雨的洗礼，穿越世事的浮华与喧嚣，把共产党人的初心和使命铭刻于心，深深扎根在武陵大山里。

你在那里，你就是一座山！

（湖北日报客户端 2019 年 05 月 26 日）

◎ 链　接 ◎

我们是怎样发现
老英雄张富清这个重大典型的

凭多年职业敏感判断：这是一个重大典型

老英雄张富清是建行来凤支行的离休干部，是我初中、高中同学张健荣、张健全的父亲，由于他在我老家卯洞公社担任过副主任，自少年时我便认识他，一直称他长辈。

2018 年 12 月的一天，张健全给我打电话，无意中说起帮助父亲进行退役军人普查登记时，才知道老爷子是一位战斗英雄，有不少军功章和证书。他很震惊，我也很震惊！老爷子为人低调、谦逊，工作一直是默默付出，从没向组织提过什么要求。我也经常去健全家，和他一家人都很熟，平时从没听老人说过打仗立功的故事。所以，健全电话里这么一说，我首先想到是不是真的？立功受奖是什么规格？值不值得报道？当下有什么现实意义？因为有这一连串的疑问，我便告诉健全：你把老爷子的"宝贝"保管好，等我春节回老家，确认一下真实性、准确性。

腊月二十九，我回到了来凤县，健全约我正月初三相见，并把老爷子奖状奖章拿给我看。基本确认了原件的真实性与准确性之后，我更加震撼了，凭多年的新闻职业敏感判断：这不只是一个好人好事，也不仅仅是一个战斗英雄的传奇故事，这是一个重大典型，他身上展现了当代军人及退役转业军人的精神风貌，展现了一位老共产党员的人格力量。按老人后来告诉我们记者的话：战友们一个连一个排的都牺牲了，到现在我还活着，我有什么理由向组织提要求呵！感人、真实、意义非同寻常。

春节期间，我心里一直惦记着这个可能影响全国的重大典型。由于本人已不在新闻采访一线，所以节后一上班，我就约了好友楚天都市报副总编辑胡成和湖北日报高级记者张欧亚，一起商量这个重大新闻线索。经过我介绍情况，他们一致认为这是一个好题材并且是独家线索，当时我就提出由《湖北日报》《楚天都市报》首发，再推及中央各大媒体，相信这个典型能走向全国！意见统一后，便由胡成、张欧亚带楚天都市报宜昌站负责人刘俊华，于正月初九赶赴来凤采访。经过正月初十整天的采访，当夜便形成报道，与后方联系，第二天在《湖北日报》《楚天都市报》醒目推出。后来，经人民日报湖北分社、新华社湖北分社内参编辑室、央视湖北站积极推荐和连续报道，几十家网络媒体同步转载，老英雄张富清很快成为了全国家喻户晓的人物。

（湖北日报传媒集团特别传媒常务副总编辑　张孺海）

《湖北日报》（2019 年 05 月 28 日 14 版）

感人的故事让我们激动不已

2月13日（正月初九）一大早，春运还没结束，我们一行挤上前往恩施的动车，踏上寻访英雄之旅。

在路上，我们一直在想，这样一位英雄，会真的没有人知道？我们反复百度"张富清"这个名字以及与之相关的关键词，结果网络上干干净净，没有任何一丝关于张富清立功受奖的痕迹。这坚定了我们最初的判断，也树立了我们采访的信心。

动车转汽车，抵达来凤县已是下午3时许。在恩施州委宣传部和来凤县委宣传部的大力帮助下，记者一行顾不上休整，马上联系到老英雄的儿子张健全。他是来凤县委政法委干部，这次退役军人信息采集，就是他带着父亲的材料去登记的。正是这次登记，57岁的张健全第一次发现父亲竟然立过那么多战功，获得过那么多军功章！

朴实的张健全告诉记者，父亲已经95岁了，一方面不愿意向别人讲述过去的经历，另一方面老人有听力障碍沟通不畅，可能无法接受采访。在我们请求下，张健全出示了父亲立功证书和军功章的照片。

根据记者的判断，这些军功章和证书非同小可，如果能得到进一步核实，这可能是一位深藏功名的老英雄。当晚，记者联系采访到来凤县退役军人事务局局长李玖山，更加确认了这些荣誉的可信度。

第二天，由于老英雄不愿张扬，我们就以慕名看望的名义上门拜访，通过老英雄的老伴现场"翻译"，终于让他敞开了尘封已久的心扉。

老英雄的讲述记忆清晰、逻辑严密、情真意切，将我们带回到烽烟滚滚的岁月。更可贵的是，老人不仅九死一生、战功卓著，而且在转业后淡泊名利、继续在平凡岗位上默默奉献。

尽管老人的讲述、证书、军功章已有足够说服力，但组织上是否有记录呢？他的事迹还有其他旁证吗？记者一行通过老人离休前的单位恩施建行，查找到老人档案材料，档案与老人的讲述一一对应。记者又深入到田间地头，找到一些曾与老人共事的同志，向他们了解老人工作经历、为人品格。譬如，记者无意中听到介绍，张富清作为离休干部，在住院做眼睛手术时，坚持只要和农民病友一样的 3000 元价格的晶体，而放弃可定制的更高价格的进口晶体；又譬如，张富清在乡镇主持精减员工的工作中，要自己的妻子带头下岗……

一桩桩、一件件感人的事迹，就这样一点点在记者的采访中被发现和挖掘出来；张富清这样一位一辈子不忘本色的英雄人物，在记者的头脑中凸显出来。当晚，记者怀着激动的心情写就《从不提当年勇，直到退役军人信息采集时才发现——95 岁老人是功勋卓著的战斗英雄》《在战火中出生入死，泛黄的立功登记表记录他曾攻下敌人 4 座碉堡 战斗英雄深藏功名六十四载》的报道，分别在《湖北日报》和《楚天都市报》刊发，一则引发全国关注的典型报道就此产生，一位坚守初心、牢记使命、不讲名利、甘于奉献的无名英雄被我们首先报道出来。

（湖北日报全媒记者　胡成　张欧亚　刘俊华）

《湖北日报》（2019 年 05 月 28 日 14 版）

"四力"带来的首发报道

——湖北日报社与张富清的故事

汤广花

　　95 岁的老党员张富清是原西北野战军的一名战士，多次立功，并两次获得"战斗英雄"荣誉称号、获"人民功臣"奖章。1955 年，张富清退役转业，主动选择到湖北省最偏远的来凤县工作。60 多年来，张富清刻意尘封功绩，连儿女也不知情。直到 2018 年年底，在退役军人信息采集中，张富清的事迹被发现，这段英雄往事才重现在人们面前。

　　湖北日报传媒集团 2019 年 2 月 15 日在全国首次报道了张富清的事迹。

通讯报道讲述英雄事迹

　　"张富清是建行来凤支行的离休干部，是我初中、高中同学张健荣、张健全的父亲。2018 年 12 月的一天，张健全给我打电话，无意中说起帮助父亲进行退役军人普查登记时，才知道老爷子是一位战斗英雄，有不少军功章和证书。"湖北日报传媒集团特别传媒常务副总编辑张孺海说，得知这一新闻线索后，该集团高度重视。

　　2 月 13 日，农历正月初九，湖北日报传媒集团 3 名记者胡成、张欧亚、刘俊华挤上前往恩施的动车，踏上了寻访英雄之旅。到达来凤县已是下午 3 时许，3 名记者马上联系张富清老人的儿子张健全。张健全告诉记者，父亲不愿意向别人讲述过去的经历，同时有听力障碍沟通不畅，或无法接受采访。

只有接近核心新闻源，采访到老人本人，采访才算成功。次日，经过与老人儿子商量，记者以慕名看望老人的名义上门拜访，通过老人的老伴现场"翻译"，他尘封多年的心扉敞开了。

采访前，3 名记者认为，最感人的点在于老人战功卓著却深藏功名。为核实这一点，记者们多次网上搜索，发现网络上"干干净净"，确实没有任何关于张富清老人的事迹。

但随着深入采访和进一步核实，记者发现，老人不仅仅是深藏功名，而且其几十年来的工作和生活，都充分体现了不忘初心、牢记使命的革命本色。

譬如，记者在当地建行采访中听到介绍，张富清老人作为离休干部，在住院做眼睛手术时，坚持用和农民病友一样的 3000 元的晶体，而放弃更高价格的进口晶体；譬如，老人当年的同事介绍，张富清在乡镇主持精减员工的工作中，要自己的妻子带头下岗。他还要求自己的孩子到最艰苦的林场去锻炼。

结束采访，记者又到老人退休前的单位县建行，查找到老人的档案材料，核实相关细节。一桩桩、一件件感人的事迹，就这样一点点在记者深入细致的采访中被发现和挖掘出来。2 月 15 日，《湖北日报》和《楚天都市报》同一天分别推出人物通讯《从不提当年勇，直到退役军人信息采集时才发现——95 岁老人是功勋卓著的战斗英雄》《在战火中出生入死，泛黄的立功登记表记录他曾攻下敌人 4 座碉堡　战斗英雄深藏功名六十四载》，拉开了"深藏功名六十余载老人张富清"系列报道的序幕。

融合报道弘扬英雄精神

张富清老英雄深藏功名六十余载的事迹感人至深，如何在前期首波报道的基础上进一步出新出彩？《湖北日报》报道组在报道方案制订、出发采访之前、现场采访过程中以及采访完成后，组织召开了多轮选题讨论会。

在关于张富清老人的长篇通讯写作过程中，大家认为他的事迹不只是一个战斗英雄的传奇故事，他身上展现了军人的精神风貌，展现了共产党人的精神品格，从一个小切口注解了共和国 70 年伟大成就背后的人民力量。《湖北日报》报道组不局限于湖北，而是把老英雄的战斗经历，尤其是他杀敌立功的永丰战役，放在整个淮海战役、整个解放战争的宏阔历史视野中去看待。

在关于张富清老人的系列评论写作过程中，同样注重激荡脑力，多思多想。老英雄的事迹很感人，他身上展现的精神品格也很丰富，到底选择哪些加以重点评说，需要多思善谋、综合研判。经过连续多日的采访和思考，《湖北日报》报道组确定从"坚守初心、不忘本色""深藏功名、淡泊名利""朴实纯粹、无私奉献"三个角度撰写一组系列评论。这样的布局，是因为老英雄身上的上述精神品格既是最显著的，也是对时代最有现实意义的示范。

5 月 9 日至 15 日，湖北日报抽调精兵强将，组建报道专班，再赴鄂西来凤、陕西渭南和汉中等老人工作、战斗过的地方，对老人以及他的亲友、同事进行深入的全媒体采访，并持续推出深度报道、反响报道、系列述评等，加大报道力度，增强传播效果。

《湖北日报》《楚天都市报》在转发《习近平对张富清同志先进事迹作出重要指示强调　积极弘扬奉献精神　凝聚起万众一心奋斗新时代的强大力量》，以及新华社长篇人物通讯《英雄的选择——95岁老党员张富清的初心本色》等稿件的基础上，做好自主深化报道。

如 5 月 25 日，《湖北日报》《楚天都市报》一版刊发自主采写的长篇人物通讯《你是一座山——记深藏功名的共产党员、战斗英雄张富清》，同时配发"三论学习张富清同志先进事迹"系列评论首篇《不忘初心最动人——一论学习张富清同志先进事迹》；此后连续推出《淡泊名利最可贵——二论学习张富清同志先进事迹》《无私奉献最纯粹——三论学习张富清同志先进事迹》。

　　湖北日报融媒体中心也融合图文、音视频，采用手绘长图的方式，推出融媒体产品《誓言无声》；在来凤采访 15 位与张富清有交集的新闻当事人，展示一个个有价值的动人细节，制作微纪录短视频《永远的突击队员》，全面弘扬英雄精神。

《中国新闻出版广电报》（2019 年 05 月 29 日 01 版）

后　记

　　张富清这个人物典型，由湖北日报社发掘并率先报道，后经《人民日报》、新华社、中央电视台连续报道，几十家网络媒体同步转载，在全社会引发强烈反响。

　　中共中央总书记、国家主席、中央军委主席习近平作出重要指示强调，老英雄张富清60多年深藏功名，一辈子坚守初心、不改本色，事迹感人。正值全党、全军进行"不忘初心、牢记使命"主题教育活动之际，张富清无疑是不忘初心、牢记使命的典范。为了方便广大党员干部、人民群众学习张富清的先进事迹，湖北日报社将张富清事迹报道，编辑成《深藏功名　坚守初心——95岁老英雄张富清的本色人生》，在全国公开发行。

　　除《湖北日报》刊发的稿件外，本书还收录了《人民日报》、新华社、中央电视台的文章或截图，既有平面报道，又有网络互动，形式活泼。

　　人民日报出版社对该书出版给予大力支持。中共湖北省委组织部、中共湖北省委宣传部给予有力指导。湖北日报社主要领导审定了书稿，湖北日报政治新闻中心、评论理论中心、编辑出版中心、融媒体中心积极组稿，楚天书局承担具体任务，使该书在短时间内迅速面市，在此一并表示感谢。

作　者

2019年5月31日